Susanne Hoffmann

Anjou und die Burg der Spiegel

spiritbooks

Das Werk, einschließlich aller seiner Teile, ist urheberrechtlich geschützt. Jede Verwertung ist ohne Zustimmung des Verlages und des Autors unzulässig. Dies gilt insbesondere für Vervielfältigungen, Übersetzungen, Mikroverfilmungen und die Einspeicherung und Verarbeitung in elektronischen Systemen.

© 2014 spiritbooks, 70173 Stuttgart
Verlag: spiritbooks, www.spiritbooks.de
Autorin: Susanne Hoffmann
Coverbild: © Fotolia borsvelka
Covergestaltung: www.ooografik.de
Druck und Verlagsdienstleister: www.tredition.de
Printed in Germany
ISBN: 978-3-944587-02-8

Handlungen und Personen dieses Romans sind frei erfunden. Ähnlichkeiten mit realen Handlungen oder Personen sind rein zufällig.

Für Axel, der mir hilft, den Himmel auf die Erde zu holen.

Man wird nicht erleuchtet, indem man sich Lichtgestalten vorstellt, sondern indem man sich die Finsternis bewusst macht.

    C. G. Jung

Geh nicht nur die glatten Straßen. Geh Wege, die noch niemand ging, damit du Spuren hinterlässt und nicht nur Staub.

    Antoine de Saint-Exupéry

Prolog

Manjana öffnete ihre Augen. Sie hörte von unten ein dumpfes Geräusch. Artru war also schon auf. Nur einen Tag noch, dann würde er wieder auf Handelsreise gehen. Sie seufzte leise, denn sie hatte sich in all den Jahren immer noch nicht damit anfreunden können, längere Zeit ohne ihren Mann in dem abgelegenen Haus zu leben. Immerhin fiel ihr der Abschied leichter, seit Anjou geboren war. Durch die halboffene Tür des Nebenzimmers sah sie auf das zarte Gesicht ihres kleinen Sohnes. Trotz des Rumorens seines Vaters schlief er noch tief und fest. Seine blonden Locken tanzten wie eine Schar ausgelassener Kinder um sein Gesicht. Bald würde er die blauen Augen aufschlagen und seine Wonne würde ihr den Tag, der im Zeichen des Abschieds stand, versüßen.

Er weiß noch nichts von der Düsternis, die alle Menschen zu verschlingen droht, dachte sie. Ihr wurde wieder einmal schmerzlich bewusst, wie wenig sie dem Volk noch helfen konnte.

Seit die Menschen nicht mehr in den Spiegel schauen, dachte Manjana traurig, schrumpfen ihre Seelen im Zwielicht, das weder Licht noch Schatten kennt, zu kleinen, unscheinbaren, runzeligen Gebilden – verdammt und konserviert für eine unglückliche Ewigkeit. Manjanas Augen füllten sich mit Tränen bei diesen Gedanken und sie schwor sich, alles daran zu geben, dass es ihrem Sohn anders erging. Sie würde ihn persönlich in der hohen Kunst des Spiegelns unterweisen. Anjou würde lernen, wie man in dieses Kleinod blicken musste, um das Oberflächliche zu durchschauen, bis zum Abgründigsten vorzudringen und seine eigene Wahrheit zu schauen. Nur so hatte ihr Sohn die Chance, sich frei von den äußeren Umständen zu entwickeln und erwachsen zu werden. Niemals sollte er vergessen, wer er war, noch sollte er davor Angst haben, seine Lebensaufgabe zu erfüllen. Die tägliche Spiegelschau würde ihn stärken und verhindern, dass er so stumpf und kümmerlich wurde, wie alles Volk es bereits war.

Bei diesen Gedanken glitt ihr Blick zu dem silbrigen Oval, das rechts neben ihrem Bett an der Wand hing. Seine Oberfläche schimmerte weich und ein sanfter Schein strahlte zu ihr herüber. Für Manjana war der tägliche Blick in dieses wundervolle Kleinod längst zu einem unverzichtbaren Ritual geworden. Jeden Morgen, wenn Anjou noch schlief, öffnete sie sich für die Kraft des Spiegels. Eine Kraft, die für sie vergleichbar war mit dem unschuldigen Lachen eines Kindes. Manjana seufzte schwer, denn das letzte Lachen dieser Art war hierzulande schon lange verklungen. Ihre sonst glatte Stirn legte sich in Falten. Es stand schlimm um ihr Volk. Im ganzen Land herrschte eine Art Zwielicht, das die Sonne verschleierte und auf den Gemütern lastete. Die Atmosphäre wirkte bedrückend und Manjana wunderte es nicht, dass unter diesen Umständen immer weniger Kinder geboren wurden.

„Hilf uns, Manjana", hatte der Stadtältestenrat sie wieder und wieder gebeten, wenn ein Kind früh verstarb. Jedes Mal war sie voller Mitgefühl zu den Betroffenen geeilt. Immer war ihr erster Rat gewesen, in den Spiegel zu blicken, um klarer zu sehen und Erkenntnisse zu erlangen, die das Schmerzliche würden wandeln können, aber davon wollte niemand etwas wissen. Stattdessen musste Manjana mit ansehen, dass die Spiegel zunehmend blinder wurden. Ihre Oberflächen wurden so trübe wie die Gemüter ihrer Besitzer. Wie innen, so außen, dachte Manjana. Sie haben vergessen, wer sie eigentlich sind. Weil sie nicht mehr in ihre Spiegel schauen, haben sie den Kontakt zu ihrer Seele verloren und ihr kostbarstes Gut ausgesperrt wie einen räudigen Hund. Manjana seufzte leise. Was für eine Ironie des Schicksals, dass ihre Familiengeschichte mit dazu beigetragen hatte, dass es soweit gekommen war. Seit jenen unseligen Ereignissen mit ihrer älteren Schwester, nistete Angst in den Herzen der Menschen.

Manjana zog die Bettdecke hoch bis ans Kinn. Nicht auszudenken, auf was das hinauslief. Sie dachte dabei in erster Linie an Anjou. Sie schaute erneut zu ihrem kleinen Sohn. Ihre Lider flatterten nervös und suchten Halt an den fein gedrechselten Gitterstäben seines Kinderbettes, die den Dreijährigen davor bewahren sollten, im Schlaf aus dem Bett zu kullern. Eine Sicherheit, die trog, zumindest in Bezug auf Anjous Leben. Das hatte äußere Sicherheit so an sich. Manjanas Augen füllten sich mit Tränen. Sicherheit musste von innen kommen, nur dann hatte sie Bestand. Mit diesem Grundsatz wollte sie Anjou als Erstes vertraut machen. Es würde nicht mehr lange dauern, dann musste Anjou sich mit Gleichaltrigen auseinandersetzen. Spätestens, wenn er zur Schule kam, würden es alle merken. Schon seine helle Haut und seine Haare, die an das satte Gelb reifer Zitronen erinnerten, unterschieden ihn von den anderen Kindern, die hierzulande wie alle Menschen dunkle Haare hatten. Wenn sie dann auch noch merkten, wie feinsinnig er war, würden sie auf seinen Gefühlen herumtrampeln wie auf einem lästigen Insekt. Zum ersten Mal seit langer Zeit verspürte Manjana Hilflosigkeit. Was, wenn sie ihn nicht so gut beschützen konnte, wie sie es sich wünschte? Was, wenn trotz aller Spiegelschau etwas geschah, auf das sie keinen Einfluss nehmen konnte? Wenn alle Menschen sich weiter weigerten, in den Spiegel zu blicken, wäre nicht nur Anjou gefährdet, es konnte auch den Untergang ihres ganzen Volkes zur Folge haben. Manjana schauderte unwillkürlich. Sie strich sich über die Stirn, als wollte sie ihre dunklen Gedanken verscheuchen.

So weit durfte sie es nicht kommen lassen. Noch gab es wenigstens einen Spiegel, dessen Oberfläche immer noch glänzte – ihr eigener. Der Spiegel würde ihr helfen, ihre nächste Aufgabe klarer zu sehen. Manjana schlug die Decke zur Seite, erhob sich leise und setzte sich auf den Schemel direkt vor das silbrige Oval. Zuversichtlich blickte sie auf die Oberfläche. Sie war bereit, sich der ganzen Wahrheit zu stellen und würde es wagen, tiefer zu schauen als jemals zuvor. Vielleicht kam sie bis zur Großen Vision. Sie seufzte. Sie kannte nur eine Person, die das bisher geschafft hatte: ihre um Jahre ältere Schwester. Damals war es um Leben und Tod gegangen, nur deshalb hatte sie in die Große Vision eintauchen können. Sie spürte ein Kribbeln vor dem Spiegel. Wenn sie heute die Große Vision schaute, würde es ebenfalls um Leben und Tod gehen, nur dass in diesem Falle ein ganzes Volk im Sterben lag und nicht ein einzelnes Kind. Sie stand jetzt genau an dem Punkt, wo auch ihre Schwester einst gestanden und wo jeder, der sich regelmäßig spiegelte, auch irgendwann stehen würde: an einer Schwelle. Einer Schwelle zu einer Entwicklung, die nicht nur ihr Leben, sondern auch das ihres Umfeldes, sogar ihres ganzen Volkes tief greifend verändern konnte. Manjana atmete tief durch. Was immer sie schauen würde, sie war bereit.

Sie blickte in den Spiegel. Ließ ihren Blick weit werden. Und unscharf. Die Oberfläche des Spiegels verschwamm zu einer nebulös-wabernden Masse. Manjana wusste, dass es nichts weiter zu tun gab. Sie brauchte sich nur anzuschauen und gelassen abzuwarten. Seit nunmehr dreißig Jahren vollzog sie dieses morgendliche Ritual und ihre feinen Gesichtszüge mit den klaren, blauen Augen waren ihr wohlvertraut. Das Wahrnehmen der eigenen Gesichtszüge war ein guter Einstieg, um tiefer blicken zu können. Im Laufe der Zeit hatte sie dabei gelernt, immer schneller zum Wesentlichen zu gelangen. Deshalb kam es ihr auch so merkwürdig vor, dass sie heute ungewöhnlich lange brauchte, um sich der Schau zu öffnen. Auch erschien ihr eigenes Spiegelbild matter als sonst. Sie versuchte, sich noch mehr einzulassen, sich noch mehr in sich selbst hinein zu entspannen, aber es fiel ihr schwer, fokussiert zu bleiben. Sie konzentrierte sich deshalb erst einmal nur auf ihre Augen. Dieser kleine Trick half ihr, das Oberflächliche auch heute hinter sich zu lassen. Das Wirkliche lag tiefer, viel tiefer. Einen Moment lang glaubte sie etwas Dunkles in ihrem Blick zu sehen. War da ein Schatten? Spürte sie Angst? Wovor? Vor ihrer eigenen Wahrheit? Die hatte sie doch noch nie geschreckt. Im Gegenteil: Sie hatte es immer als sehr hilfreich empfunden, mit der eigenen Wahrheit in Berührung zu kommen. Manjana merkte, wie sie wieder abschweifte. Sie mahnte sich erneut zur Konzentration und versuchte, sich noch tiefer in den Schimmer ihrer Augen zu versenken. Gleichzeitig wünschte sie sich aus tiefstem Herzen, die Wahrheit zu erfahren. Über dieses wunderbare Zusammenspiel von klarer Absicht und entschiedenem Willen verging jede Angst, und der Widerstand, der sie an der Oberfläche halten wollte, schmolz. Manjana tauchte tiefer als jemals zuvor und überschritt die Schwelle. Wie ein Vorhang, der sich für den nächsten Akt des Lebens öffnet, enthüllte der Spiegel ihr das Kommende, die wahrscheinliche Zukunft: Manjana befand sich auf dem Marktplatz, mitten in der Stadt. Alles Zwielicht war verschwunden und die Sonne stand hoch. Eigentlich hätte sie darüber erleichtert sein sollen, denn nichts anderes hatte sie sich gewünscht: Dass die Sonne wieder ungehindert ihr warmes Licht verschenkte und das Licht den Menschen die Gemüter erhellte. Stattdessen spürte sie einen Druck auf der Brust. Irgendetwas stimmte nicht, ganz und gar nicht. Der Schein trügt, dachte Manjana beunruhigt. Sie beobachtete um sich herum ein seltsames Treiben. Menschen aus der Stadt kamen und gingen. Ihr Ziel war ein alter Karren am Rande des Marktplatzes, auf dem bereits ein Haufen in Decken gehüllter Gegenstände verschiedenster Form und Größe lagen. Gerade kam Martok, der Vorsitzende vom Stadtältestenrat, in Sicht. Er trug auf seinen breiten Schultern ebenfalls ein in Decken gehülltes Etwas, das den anderen Gegenständen ähnlich schien. Manjanas Unbehagen wuchs. Ein Stapel Bilder war das nicht, was sich da in einiger Entfernung vor ihr erhob. Die Menschen hatten schon lange aufgehört, dem Schönen künstlerisch Ausdruck zu verleihen. Als Martok seinen Gegenstand hoch hob, um ihn auf den Karren zu legen, rutschte die Decke beiseite und gab einen Spiegel frei. Manjana schluckte. Schlagartig wurde ihr klar, was hier vorging. Die Menschen hatten nicht nur aufgehört, in die Spiegel zu blicken, sie waren im Begriff, das Kostbarste, was ein Mensch besitzen kann, auf einen alten Karren zu werfen.

„Martok, nein!", wollte Manjana laut ausrufen, aber ihre Stimme gehorchte ihr nicht.

Bevor der Spiegel flach zu liegen kam, erhaschte Manjana einen Blick auf dessen Oberfläche. Sie war nicht mehr silbrig, sondern milchig-trüb. Wie ein erblindetes Auge, dachte sie. So weit war es also schon gekommen.

Sie tragen ihre Macht buchstäblich zu Markte und merken es nicht einmal, dachte Manjana entsetzt. An dieser Tatsache änderte auch das Sonnenlicht nichts. Manjana fing an zu zittern. Der Karren war bereits voll und es war offensichtlich, dass er nicht mehr lange hier stehen würde. Die Deichsel war schon ausgeklappt und wartete darauf, angehängt zu werden. Aber wer hatte ihn überhaupt hierher gebracht? Manjana hörte ein leises Scheppern hinter sich. Es klang, als würden zwei Blechschalen aneinanderreiben. Unwillkürlich hielt sie den Atem an. Sie ahnte, dass dieses Geräusch von etwas verursacht worden war, das zu den seltsamen Vorgängen maßgeblich beitrug. Eine unheimliche Präsenz ging davon aus. War deshalb das Zwielicht so plötzlich verschwunden? Aber zu welchem Preis?

„Ihr zwei da! – Den Karren! Aus der Stadt damit! Dann holt die Frau!" Hohl hämmerte eine Stimme hinter ihr in das geschäftige Treiben. Manjana sah, wie Martok und der Stadtbote Jonuk sich diensteilig anschickten, um den Befehlen zu folgen. Eine mächtige Gestalt schob sich in ihr Blickfeld und verdunkelte die Sonne. Hoch zu Ross ragte sie vor ihr auf. Manjana erschrak, als sie die Gestalt erkannte: Der Schwarze Ritter!

Waren die Menschen tatsächlich so dumm, zu glauben, ihre Probleme würden dadurch gelöst, dass sie ihm ihre Spiegel überließen und ihm eine Frau aus ihren Reihen überstellten wie ein Stück Vieh? Manjana schüttelte verzweifelt den Kopf. Wie kurzsichtig. Und wie grausam.

„Lasst Euch nicht auf diesen Handel ein!", wollte Manjana ihnen zurufen, doch wieder drang kein Laut über ihre Lippen.

„Neeeiiin!", schrie sie stumm und fühlte sich ohnmächtiger als je zuvor. „Ihr verhökert Euer Seelenheil!"

Manjana zuckte zusammen. Ein lautes Hämmern drang in ihr Bewusstsein und riss sie aus ihrer Spiegelvision. Das wummernde Geräusch kam von unten. Jemand verlangte unmissverständlich nach Einlass. Manjanas Herz schlug bis zum Hals. Ihr schwindelte. Noch nie war sie so abrupt beim Spiegeln unterbrochen worden. Im Nebenzimmer weinte Anjou. Mühsam erhob sie sich und ging zu ihrem kleinen Sohn. Der Besucher musste warten. Artru war zwar unten, aber so kurz vor der Abreise überließ er Manjana alle häuslichen Pflichten, um in seiner Werkstatt die letzten Schuhe für die Handelsreise fertig zu stellen.

„Schsch, ist ja gut, Mami ist hier." Mit einem leichten Zittern strich Manjana Anjou über den Kopf, so lange, bis er sich beruhigt hatte. Erst dann wich sie von der Seite ihres Sohnes, warf sich einen Morgenmantel über und ging hinunter ins Erdgeschoss, um den drängenden Schlägen an der Haustür nachzugeben und zu öffnen.

„Martok schickt mich", sagte Jonuk, der Stadtbote, schlicht.

„Ich wünsche Ihm auch einen lichten Tag." Noch während Manjana die höfliche Grußformel von den Lippen ließ, wurde ihr bewusst, welche Ironie in diesen Worten steckte. Jonuk ratterte ungerührt weiter: „Die Düsterkrankheit hat wieder zugeschlagen. Diesmal hat sie eine ganze Familie dahingerafft. Einfach weggedämmert. Der

Stadtältestenrat tagt außerordentlich. Man wünsche, dass Sie dabei sei. Sie möge so schnell wie möglich ins Rathaus kommen." Letzteres klang weniger nach einer Bitte, denn nach einem Befehl.

„Ich komme, sobald ich kann. Wer's eilig hat, der stolpert nur", antwortete Manjana mit fester Stimme.

Jonuk senkte den Blick und nickte. Dann drehte er sich um und ging. Fast fluchtartig verließ er das Grundstück. Manjana schloss die Tür und stieg nachdenklich die Treppe hoch, um sich von ihrem Sohn zu verabschieden.

Es war das erste Mal, dass sie zu einer Ratssitzung gerufen wurde. Die Angst musste groß sein, wenn sie nach ihr schickten. Vielleicht konnte sie diesmal mehr erreichen, als bisher. In großer Not sind Menschen leichter zu bewegen. Möglicherweise konnte sie das Schlimmste doch noch verhindern. Als sie den oberen Treppenabsatz erreichte, kam ihr Anjou schon entgegen. Mit weinerlicher Kinderstimme wiederholte ihr Sohn: „Mami nicht gehen, Mami nicht gehen." Er hatte den kurzen Wortwechsel zwischen Manjana und Jonuk offenbar gehört. Dicke Kullertränen rollten über seine geröteten Wangen, und als Manjana vor ihm in die Hocke ging, umklammerten seine kleinen Hände ihre Hand, als wäre sie ein übergroßer Rettungsring.

„Mami kommt doch bald wieder", versuchte Manjana ihren Sohn zu trösten, doch der weinte nur umso lauter.

„Die Menschen in der Stadt sind in großer Not. Ich will versuchen, ihnen zu helfen", erklärte Manjana geduldig. „Geh zu Papa in die Werkstatt. Ich komme so schnell es geht wieder. Versprochen." Manjana ließ ihre Stimme betont leicht klingen, wie um sich selbst den Abschied zu erleichtern. Dann löste sie ihre Hand aus der von Anjou und verließ kurz darauf das Haus. Ihre Gedanken kreisten auf dem Weg in die Stadt so schnell, wie ihre Füße sie vorwärts trugen. Die Menschen waren dabei, endgültig im Nebel von Selbstvergessenheit und Unbewusstheit zu versinken und der Schwarze Ritter war im Anmarsch. Gegen das, was ihr die Große Vision offenbart hatte, erschien ihr sogar die Düsterkrankheit noch harmlos. Die Krankheit hatte nur den Tod zur Folge, aber Unbewusstheit ging viel weiter. Sie reichte weit über den Tod hinaus. Endlos weit. Deshalb durfte sie keine Sekunde mehr verlieren, um die Weichen für einen anderen Weg zu stellen. Manjana hielt geradewegs auf die Stadt zu. Beschleunigte ihre Schritte, spürte kaum den Biss der Kälte im Gesicht. Sie dachte an ihre Vision. Was konnte sie tun, um das Geschaute abzuwenden? Noch war alles möglich. Manjana rannte jetzt fast. Beugte ihr Haupt in den eisigen Wind, als wollte sie mit dem Kopf eine unsichtbare Wand teilen.

 Atemlos erreichte Manjana die Stadt und eilte über den gepflasterten Marktplatz am Brunnen vorbei direkt zum Rathaus. Herrisch überragte es alle anderen Häuser, die schmal, klein und krumm links und rechts an ihm klebten wie wehleidige Zicklein. Ihre Fassaden bröckelten und an den spitzen Dächern hingen die Dachrinnen schlapp herunter. Der nächste große Regen würde sie zu breiten Wasserfällen machen. Für Manjana spiegelte das äußere Stadtbild nur das Innenleben ihres Volkes wider. Wie innen, so außen, dachte sie erneut und war froh, als sie endlich vor der dunklen Eichentür des Rathauses stand. Bevor sie jedoch an dem abgegriffenen Messingknauf drehen konnte, wurde die Tür von innen aufgezogen.

„Sie hat sich Zeit gelassen." Martok, der Stadtälteste, wirkte so angespannt wie schon zuvor sein Bote Jonuk.

„Ihm auch einen lichtvollen Tag", antwortete Manjana freundlich und ging schnell an dem Stadtältesten vorbei in Richtung des großen Sitzungssaales, der am Ende eines langen, dunklen Flures lag. Sie hörte die Eingangstür ins Schloss fallen, dann folgte ihr Martok lautlos. Manjana konnte seinen Blick in ihrem Rücken körperlich spüren. Eine Gänsehaut kroch ihren Rücken hinauf. Er hat Angst, dachte sie. Alle haben Angst. Das würde ihre Aufgabe erschweren. Angst machte Menschen unberechenbar. Sie verführte zu sinnfreiem Handeln, das in der Regel darin gipfelte, für das eigene Elend einen Sündenbock im Außen zu suchen. Manjana hatte die schwere Doppeltür am Ende des Flures erreicht. Sie bestand wie die Eingangstür aus Eichenholz. Laute Stimmen drangen dumpf durch das dunkle Holz. Sie straffte ihre Schultern. Wenn sie es jetzt nicht schaffte, den Rat davon zu überzeugen, wie wichtig es war, sich wieder zu spiegeln, würde der Schwarze Ritter leichtes Spiel haben. Manjana schluckte. Martok, der stumm neben sie getreten war, öffnete ihr auch diesmal die Tür.

Als sie über die Schwelle trat, wurde es augenblicklich still. Sieben glanzlose männliche Augenpaare richteten sich auf sie. Ihr kam es so vor, als beäugten sie misstrauisch ein seltenes Exemplar einer anderen Spezies, das sich Zutritt in ihr Allerheiligstes verschafft hatte.

„Einen lichtvollen Tag", brach Manjana das Schweigen und nickte in die gespannte Runde.

„Wir grüßen Sie", antworteten Einzelne, andere schwiegen. Die meisten hatten die Arme über der Brust verschränkt und saßen weit zurückgelehnt auf ihren Stühlen.

Sie brauchen mich und nur deshalb sprechen sie überhaupt mit mir, dachte Manjana. Misstrauische Blicke, wohin sie auch schaute. Egal, was ich tue, sie werden mich nicht als Ihresgleichen akzeptieren. Sie merkte, wie ihr Blick unscharf wurde. Konzentriere dich auf das Wesentliche, mahnte sie sich selbst. Sentimentalitäten konnte sie sich nicht erlauben.

„Ihr habt mich rufen lassen. Was wünscht Ihr von mir?", fragte Manjana, um ein wenig Zeit zu gewinnen. Im Grunde kannte sie die Antwort bereits.

„Helfe Sie uns mit Ihrer Heilkraft. Befreie Sie uns von der Düsterkrankheit." Martok hatte seinen Platz an der gegenüberliegenden Stirnseite eingenommen und blickte bei diesen Worten Manjana offen ins Gesicht. Eine seltene Geste in diesen Reihen.

„Meine Heilkraft", erwiderte Manjana, „ist nichts anderes als Annahme und Mitgefühl. Beides wird aber nicht ausreichen, um eine Katastrophe zu verhindern, die bald über alle hereinbricht, wenn Ihr nicht bereit seid, Eure Haltung zum Spiegeln zu verändern."

„Wie kann Sie es wagen, uns zu drohen?" Ein älterer

Mann, den Manjana nicht näher kannte, war aufgesprungen. Andere Stimmen knurrten durch den Saal. Manjana blickte auf eine Mauer sich rötender Gesichter. Plötzlich kam sie sich vor wie ein Schaf unter Wölfen. Wenn sie jetzt noch etwas erreichen wollte, musste sie die Flucht nach vorn antreten. Sie machte einen weiteren Schritt in den Raum hinein und reckte ihr Kinn wie um sich selbst zu bestärken.

„Seht Ihr denn nicht, dass nicht ich Euer Feind bin, sondern Ihr selbst? Merkt Ihr denn nicht, dass Ihr Euch immer mehr in lebende Tote verwandelt, wenn Ihr aufhört, Euch auf das Wesentliche in Eurem Leben zu besinnen? Seid Ihr wirklich schon so blind, dass Ihr nicht sehen wollt, dass das Heil nicht bei mir zu finden ist, sondern nur bei Euch selbst?"

„Sie überlege gut, was Sie sage", Martoks Stimme klang rau. Sein Kiefer mahlte. Sieben Augenpaare sprühten Funken. Manjana machte noch einen Schritt auf die Anwesenden zu. Sie stand jetzt fast auf gleicher Höhe der zu einem U geformten Tische. Saurer Schweiß stach ihr in die Nase. Manjana fiel das Atmen schwer, aber nichts konnte sie mehr davon abhalten, zu sagen, was zu sagen war.

„Es gibt nur eins, was Euch wirklich helfen kann", erhob sie erneut die Stimme, „Ihr müsst wieder in die Spiegel schauen." Jetzt war es raus – unmissverständlich.

Alle Männer, die bis jetzt noch gesessen hatten, schnellten von ihren Stühlen. Es rummste, als ein Stuhl dabei auf den Boden kippte.

„Was fällt Ihr ein!", brüllte ein Mann, dessen Haare wie ölige Spaghetti um seine Ohren schlenkerten. „Glaubt Sie, Sie könne uns für dumm verkaufen? Das Spiegeln birgt dunkle Gefahren, das weiß jeder hier."

„Das stimmt nicht! Nur, weil vor langer Zeit die Kraft des Spiegels missbraucht wurde, heißt das nicht, dass ein Spiegel gefährlich ist."

„Nicht gefährlich? Und was ist mit der Missgeburt, die seinerzeit daraus erwuchs? Was mit dem Mädchen, das wie ein Geist herumgeirrt ist, bevor es verschwand? Wahnsinn! Das ist es, was jenen passiert, die in den Spiegel schauen."

Manjana schluckte hart. Sie begriff, wie tief die Angst schon saß. Die Menschen waren bereits weiter von der Wahrheit entfernt, als sie gedacht hatte. Das Schlimmste daran war jedoch, dass in ihrer Familiengeschichte der Stein des Anstoßes lag.

„Sie hat sich schon immer für etwas Besseres gehalten, mit Ihrem Sohn, der so helle Haut hat wie ein ausgeblichener Knochen", geiferte der Mann mit den Spaghettihaaren. „Hochmut! DAS ist der wahre Grund, warum Sie uns nicht hilft."

Manjana begann, am ganzen Körper zu zittern. Tränen schossen ihr in die Augen. Nein, das ist nicht wahr, dachte sie verzweifelt. Das ist absurd. Sie unterdrückte ein Schluchzen. Die Worte hatten sie tief getroffen. Nein, befahl sie sich selber, nicht weinen, nicht hier, nicht vor diesen Männern. Sie blinzelte heftig.

„Ihr seid so blind", Manjana konnte nicht an sich halten,

„so blind wie Eure Spiegel. Ihr seid dabei, das Kostbarste zu verlieren, was Ihr habt: Den Schlüssel zu Eurer Seele."

„Woher will Sie das so genau wissen?" Diesmal war es Jonuk, der das Wort an Manjana richtete. Manjana setzte alles auf eine Karte: „Ich habe heute in die Große Vision geschaut und gesehen, dass der Schwarze Ritter hierher kommt. Angeblich um Euch zu helfen. Er behauptet, Euch vom Zwielicht zu befreien. Tatsächlich will er Euch klein halten und Euch von Eurer tiefsten Wahrheit abschneiden. Er wird dadurch mächtiger und stärker und Ihr werdet, wenn Ihr auf seine Forderungen eingeht, einen weit höheren Preis zahlen, als Ihr glaubt. Ihr werdet ein Sklavendasein führen, ein Leben in Angst, ein unbewusstes und krankes Dasein. Ein Dasein, wie es die Menschheit noch nicht erlebt hat." Manjana hatte die letzten Worte heftig hervor gestoßen.

„Sie lügt! Wir fürchten uns nicht. Vor niemandem. Soll Er doch kommen – wenn Er uns hilft, sind wir mit Ihm allemal besser dran, als mit Ihr, die uns Ihre Hilfe verweigert!"

„Genau!"

„Jawohl!"

„Stimmt!"

Ein Mann donnerte mit der Faust auf den Tisch. Stierer Blick. Schaum vorm Mund. Manjana spürte, dass sie verloren hatte, dass sie mit Worten nichts mehr erreichte. Im Gegenteil. Wenn sie jetzt nicht sofort den Saal verließ, würde sie vermutlich nicht heil hier rauskommen. Sofort dachte sie an ihren Sohn. Ohne sie wäre er so schutzlos wie eine Schildkröte ohne Panzer. Noch brauchte er die Mutter. Blitzschnell drehte sie sich um. Rannte zur Tür. Riss sie auf und wäre fast gegen die Rüstung geprallt, die ihr den Ausweg versperrte. Das Dunkel war da. Es hatte bereits Gestalt angenommen und war dabei, die Menschen in machtlose, unselbstständige, zerrüttete Kreaturen zu verwandeln. Ihre Große Vision wurde Wirklichkeit und sie konnte es nicht verhindern. Manjana sackte innerlich zusammen.

„Weib! Mitkommen!" Der Schwarze Ritter bohrte seinen Finger in Manjanas Brust. Der Schmerz brachte sie wieder zu sich.

„Die Spiegel! Zu mir! Dann seid Ihr frei! Kein Zwielicht mehr!"

„Nein, glaubt Ihm nicht." Ein letzter Versuch.

„Zögert nicht!" Kalt und drohend drangen die Worte aus dem geschlossenen Visier des Schwarzen Ritters.

„Ihr lauft in Euer Verderben!" Manjana schrie auf, als Hände wie Schraubstöcke sie von hinten ergriffen und ihre Arme an den Körper zwangen.

„Nach Ihr!", höhnte der Schwarze Ritter, als Manjana von zwei Männern an ihm vorbei den Flur entlang gezwungen wurde. Sie hatte verloren. Nein, schlimmer noch, sie hatte versagt. Anders als ihre Schwester hatte sie nicht verhindern können, was sie in der Großen Vision im Spiegel geschaut hatte. Das Schicksal nahm seinen Lauf. Ohne die Spiegel würden die Menschen kaum eine Chance haben, zu überleben. Die Düsterkrankheit war nur der Anfang. Manjana war übel. Bald schon würde kein einziges Kind mehr geboren werden. *Kind?* Anjou!

Schwankte der Boden oder war es ihr Gefühl, ins Bodenlose zu stürzen, als ihr bewusst wurde, dass sie das Versprechen, welches sie Anjou heute Morgen gegeben hatte, nicht würde einhalten können? Der Schwarze Ritter würde sie nicht mehr gehen lassen. Weder heute, noch morgen. Sie würde ihren Sohn weder aufwachsen sehen, noch ihn jemals wieder „Mami" rufen hören. Wahrscheinlich würde sie überhaupt nichts mehr von ihm erfahren. Manjana brach zusammen. Schwarze Schleier tanzten vor ihren Augen. Eine Ohnmacht war das Beste, was ihr jetzt passieren konnte. Auf diese Gnade wartete sie jedoch vergeblich. Stattdessen hatte sie das Gefühl, während sie Seite an Seite mit ihren Schergen durch den Flur stolperte, ihre Brust würde von tausend Pfeilen durchbohrt, die so viel Bewusstsein übrig ließen, dass es besonders weh tat, als sie aus dem Dunkel des Rathauses ins pralle Licht auf den Markt gezerrt wurde.

„Auf mein Pferd!" Die Stimme des Schwarzen Ritters dröhnte über den Markt und riss Manjana aus ihrer Agonie. Sie wandte den Kopf.

„Martok, bitte!" Aber der Stadtälteste blickte nur stumm zu Boden, während Manjanas Häscher ihre Hände mit Lederriemen banden. Ihre Tränen galten weniger dem Schmerz, als Anjou. Würde sie ihn je wiedersehen und würde der Alb, der in ihrer Brust wütete, sie je wieder verlassen?

Als die Sonne schon lange untergegangen war, fragte eine zarte, weinerliche Stimme wieder und wieder:

„Papa, wann kommt Mami nach Hause?"

Der so Angesprochene antwortete nicht, sondern schaukelte stattdessen seinen Sohn hin und her, als könnte diese Bewegung die bittere Wahrheit ins Vergessen wiegen.

Ronda

„Anjou, komm sofort ins Haus. Dein verdammtes Vieh hat einen Scherbenhaufen hinterlassen", kreischte die Neue aus der Tür, die in den Hinterhof des Hauses führte. Anjou, der zwischen den Steinen nach Würmern grub, sprang auf, lief zum Haus und in den Flur. Seine nackten Füße hinterließen dabei Spuren aus Staub. Das würde der Neuen gar nicht gefallen, aber ihm war das egal. Sollte sie doch einen Hysterieinfarkt bekommen.

Sein Vater hatte die Neue ins Haus geholt. Angeblich, weil es im Haushalt jemanden brauchte, während er auf Reisen war. Von wegen Haushälterin! Für Anjou gab es keinen Zweifel: Sein Vater hatte eine Freundin. Er spürte so etwas. Alles in ihm hatte „du Verräter" geschrien. Auch wenn seine Mutter nun schon über zehn Jahre fort und vermutlich längst tot war, hätte es die Neue nicht gebraucht. Er kam allein zurecht. Das Letzte, was er brauchte, war ein lebender Wischmopp, der ständig hinter ihm herputzte. Täglich wusch und wrang die Neue stundenlang, als wollte sie den Dreck erwürgen und mit ihm gleich alle, die ihn verursachten. Wie zum Beispiel Ronda, seine kleine Krähe. Anjou hatte die Küchentür erreicht, konnte aber den Vogel nirgends entdecken. Stattdessen kniete die Neue wie eine gründelnde Ente neben dem Scherbenhaufen an der offenen Küchentür in unnatürlicher Haltung mit dem Hintern in der Luft und dem Kopf dicht über dem Boden vor dem alten Dielenschrank, der neben dem Eingang zur Küche stand. Dabei stieß sie den Stiel des Wischmopps mit solcher Vehemenz unter den Schrank, als wollte sie die Luft an die Wand nageln. Seine kleine gefiederte Freundin schien sich unter dem Dielenschrank verkrochen zu haben. Normalerweise hätte Anjou darüber geschmunzelt, aber was da in unzähligen Teilen im Flur lag, waren Teile eines Wandtellers, den die Neue mit in den Haushalt gebracht hatte. Seit sie mit im Haus wohnte, nahm sie ihn täglich von der Wand, um ihn gründlich zu reinigen. Anjou konnte sich nicht erinnern, jemals etwas so Hässliches gesehen zu haben. Dass er jetzt Anjous Geschmacksempfinden nicht länger beleidigen konnte, hätte ihn normalerweise erfreut, aber die Wut der Neuen konnte Ronda gefährlich werden und das bereitete ihm Sorge. Anjou zog die Stirn in Falten. Aus der Vehemenz, mit der die Neue unter dem Schrank herumfuhrwerkte, schloss er, dass Ronda unter dem Schrank sein MUSSTE. Es war nur eine Frage der Zeit, bis sie den Vogel mit ihrem Holzstiel erwischte.

Anjou merkte, wie er trotz der angenehmen Kühle des Flures schwitzte. Er musste die Neue irgendwie ablenken und was bot sich da mehr an, als der kaputte Teller. Mit dem großen Zeh stieß er an die Scherben und verteilte sie mit einem lauten Klirren im Flur. Die Neue fuhr so schnell, wie ihre üppigen Hüften es zuließen, in die Höhe.

„Du ...!", zischte sie, nur um dann wie zwanghaft alle Scherben sorgsam einzusammeln und in die Küche zu tragen. Anjou atmete erleichtert auf. Ronda war erst einmal in Sicherheit. Während die Neue in der Küche jede Scherbe einzeln abwusch, wagte sich unter dem Dielenschrank ein schwarzer Schnabel hervor, dem ein schief gelegter Kopf folgte und schließlich der ganze Vogel. Unversehrt und hüpfend. Anjou fiel ein Stein vom Herzen. Jetzt musste er die Neue nur noch so lange beschäftigen, bis Ronda außer Reichweite war. Er stellte sich in den Türrahmen der Küchentür.

„Scherben bringen Glück!" Anjou hasste solche sinnfreien Sprüche, aber ihm fiel gerade nichts Besseres ein, um die Aufmerksamkeit der Neuen zu fesseln.

„Dein Glück wird es nicht sein." Mit zornroten Wangen und gefletschten Zähnen, aus denen der Speichel sprühte, zischte sie Anjou an, während Ronda die steile Treppe ins Obergeschoss hüpfte.

„Dein vermaledeites Vieh hat meinen Teller von der Wand gerissen. Absichtlich. Das wird es mir büßen. Warte nur, bis dein Vater zurück ist." Die Augen der Neuen blitzten hasserfüllt und Anjou glaubte ihr die Drohung aufs Wort. Aber für das Erste war Ronda in Sicherheit. Wortlos drehte er sich um und stieg schnell seiner Gefährtin hinterher. Dabei nahm er sich vor, mit seinem Vater zu reden, bevor die Neue ihn zu fassen bekam. Bis dahin würde er Ronda nicht mehr aus den Augen lassen.

Als sein Vater an diesem Abend von seiner Handelsreise nach Hause kam, wirkte er so müde wie eine alte Waschfrau. Anjou wusste mit einem Blick, dass er nicht zum Reden aufgelegt war. Mit niemandem. Auch nicht mit der Neuen. Entsprechend schweigsam verlief das Abendessen und gleich danach zog sich sein Vater in seine Werkstatt zurück. Um wieder „ganz anzukommen", wie er sagte. Im Klartext hieß das so viel wie „ich will nicht gestört werden". Anjou wäre ihm am liebsten dennoch gefolgt, aber die Werkstatt war für alle anderen, die in diesem Haushalt lebten, tabu. Sein Vater schloss die Tür immer sorgfältig ab, wenn er nicht zu Hause war. Manchmal hatte Anjou den Verdacht, dass Ronda dennoch einen Weg gefunden hatte, dort hineinzugelangen. Sie war zeitweise unauffindbar, meistens dann, wenn sein Vater sich gerade in der Werkstatt aufhielt. Bei diesen Gedanken musste Anjou an jenen besonderen Abend denken, als sein Vater ihm die halbtote Krähe zum Geschenk gemacht hatte.

„Ich habe dir etwas mitgebracht", hatte sein Vater damals gesagt und mit dem Daumen zur Küche gewiesen.

„Ich denke, wenn du dich ausreichend kümmerst, kann sie es schaffen." Mit diesen seltsamen Worten war er ohne weitere Erklärung an ihm vorbeimarschiert. In der Küche hatte mitten auf dem Tisch ein seltsames Etwas gelegen. Schwarz. Mit Flügeln. Einer merkwürdig verdreht. Ein Vogel. Von Vögeln wusste Anjou nicht viel. Es gab nämlich keine. Zumindest nicht am Himmel. Nur Schlachtvieh wie Enten, Hühner und Gänse, die im Stall oder am Boden gehalten wurden. Sie wurden nur einmal jährlich gegessen und eigens für diesen einen Tag gehalten. Dem besonderen Tag. Birdisday. Jenem Tag, an dem das Volk dem Schwarzen Ritter für die Befreiung vom Zwielicht dankte.

Der Vogel, den sein Vater mitgebracht hatte, gehörte eindeutig nicht zu diesem Schlachtvieh. Dieser war einer „vom Himmel". Eine Krähe. Eine kleine Krähe. Noch dazu schwer verletzt.

Mein Vater hat mir eine verletzte Krähe mitgebracht, dachte Anjou und schaute fassungslos auf das mehr tote als lebendige Knäuel vor ihm. Ihr Gefieder schimmerte nachtschwarz und unwillkürlich kam ihm der Schwarze Ritter in den Sinn. Gehörten diese Vögel nicht zu seinem Reich? In der Schule hatte er gehört, dass dort Nebelschwaden auf- und abstiegen und die Winde Figuren bliesen, die so schauerlich heulten, dass ein Mensch den Verstand verlieren konnte, wenn er ihnen begegnete.

Gebannt schaute Anjou auf das fremde Tier. Wieso schenkte ihm sein Vater eine halbtote Krähe? Anjou betrachtete unsicher den Neuankömmling. Im dunklen Glanz der Vogelaugen spiegelte sich etwas. Etwas, das ihn berührte, was er aber nicht greifen konnte. Was sollte er mit diesem knautschigen und verletzten Bündel nur anfangen?

Erst mal runter vom Küchentisch, dem Herrschaftsbereich der Neuen, dachte Anjou. Wie ein rohes Ei trug er den Vogel behutsam hinauf in sein Zimmer. Hier bereitete er notdürftig ein Lager mit einem alten, zerschlissenen Kissen, das aus Kindertagen stammte. Den gebrochenen Flügel brachte er so sanft wie möglich in eine Lage, die dem gesunden Flügel recht ähnlich war. Die kleine Krähe schloss dabei ergeben die Augen. Sie schien zu spüren, dass Anjou nur das Beste für sie wollte.

Während er immer wieder sanft über das dunkle Gefieder des Vogels strich, war es ihm, als spürte er die Nähe seiner Mutter. Auch sie hatte ihm immer so zärtlich über seinen Haarschopf gestrichen. Anjous Augen füllten sich mit Tränen. Zum Glück war nur die kleine Krähe Zeuge des für ihn äußerst peinlichen Vorgangs.

Die folgenden Tage und Wochen waren für Anjou ausgefüllt wie nie zuvor. Jede freie Minute saß er in seinem Zimmer bei der Krähe. Wenn die ersten Sonnenstrahlen über das schwarze Gefieder perlten, konnte sich sein Blick stundenlang in den seidigen Glanz versenken und er begann jede einzelne Feder genau zu betrachten. Die Welt um ihn herum versank und wurde zu den feinen Härchen, die zu Hunderten aus dem Schaft dieser und jener Feder hervor kamen, sich liebevoll haltend, gegenseitig in eine optimale Form bringend, eine Gemeinschaft bildend, fern jedweder Hierarchie und wo ein Jedes gleichwertig sein musste, damit das Wesen, dem sie gehörten, sich erheben und in offene Reiche und zu ungeahnten Höhen aufbrechen konnte. Anjou hatte das Gefühl, dass mit Ankunft der kleinen Krähe sein Leben bedeutsamer wurde. Selbst beim Betrachten von Federn schien sein Alltag mehr Tiefe zu bekommen. Der kleine Vogel war Anjous ganzes Glück, sodass selbst die Neue für ihn erträglich wurde.

Als der Krähenflügel vollständig verheilt war, die Krähe aber immer noch nicht flog, sondern nur herumhüpfte wie ein fedriger Ball, kam Anjou eine Idee, wie er ihr helfen konnte, wieder zu fliegen. Da sie bisher nur im Haus gewesen war, wollte er ihr eine gute Möglichkeit zum Fliegen verschaffen.

An den Hinterhof grenzte ein verwilderter Garten, in dem er trockene Gräser sammelte, die er unter seinem Fenster zu einem dicken Polster zurechtlegte. Danach lief er in sein Zimmer und hob die kleine Krähe aus dem Fenster, sodass sie sich genau über dem Graslager befand. Dann ließ er sie los. Wie ein haltloser schwarzer Kreisel kurvte der Vogel wild flatternd, aber unaufhaltsam zu Boden, ohne auch nur einen Meter weit zu fliegen und landete unversehrt auf dem Graslager. Nach diesem „Kreiselabsturz" taufte Anjou die kleine Krähe auf den Namen „Ronda" und unterließ fortan jede Flughilfe. Ronda schien ihn nach diesem missglückten Hilfsangebot eine Zeit lang vorwurfsvoll zu beäugen, als wollte sie sagen: Gut gemeint ist nicht immer gut getan.

Letztlich war es ihm ganz recht, dass Ronda nicht flog. Dann brauche ich keine Angst zu haben, dass du eines Tages nicht mehr wieder kommst, dachte Anjou und spürte, wie seine Augen feucht wurden. Wie konnte sein Vater nur glauben, die Neue könnte seine Mutter ersetzen? Seine Mutter hätte Ronda niemals als „Drecksvieh" betitelt, geschweige denn ihr Schaden zufügen wollen. Anjou dachte an den zerbrochenen Wandteller. Er schluckte nervös. Mit dem Scherbenhaufen hatte Ronda heute bei der Neuen eine Grenze überschritten. Von jetzt an würde es für Ronda nicht nur ungemütlich, sondern gefährlich werden, in diesem Haus zu leben. Anjou war plötzlich kalt. Unruhig ging er in seinem Zimmer auf und ab. Immer wieder lauschte er nach unten. Er hörte seinen Vater in der Werkstatt rumoren. Hämmern und Klopfen wechselten sich fast rhythmisch ab. Sein Vater bearbeitete offenbar noch einen Leisten. Das konnte dauern. Er musste sich wohl oder übel gedulden, obwohl er es kaum erwarten konnte, mit seinem Vater zu sprechen. Am besten beschäftigte er sich so lange mit Ronda. Sie hatte Zeit für ihn. Immer. Mit einem Lächeln ging er zu seinem Schreibtisch, von dem aus seine Freundin ihn aufmerksam zu beobachten schien. Gerade wollte er sie streicheln, da hüpfte sie gegen ein flaches Holz-Kästchen und stieß es vom Schreibtischrand. Im Fallen klappte es auf und mehrere, unscheinbare Gegenstände verteilten sich auf den Dielen. Schneller als ein Käfer husten konnte, entglitten Anjou die Gesichtszüge.

„Ronda, was soll das?" Anjou schüttelte missbilligend den Kopf. „Möchtest du die Schwerkraft der Erde testen? Erst der Wandteller und jetzt dies."

Ronda rührte sich nicht. Sie starrte stumm auf etwas, das einer schmutzigen Glasscherbe ähnelte und eines von insgesamt drei Gegenständen war. Anjou kniete sich hin. Behutsam legte er die Gegenstände zurück in das Kästchen. Für ihn waren es besondere Fundstücke, die er in dieser kleinen Holzschatulle aufbewahrte. Er hatte sie hinten im Hof beim Buddeln nach Würmern für Ronda gefunden. Neben der Scherbe gab es eine alte Gürtelschnalle, die aus zwei aufgerichteten Kobras bestand, welche sich gegenseitig umschlangen, wenn man sie einhakte. Daneben lag eine Münze, deren Zahl gut lesbar war, deren „Kopf" aber fehlte, als hätte ihn jemand weggekratzt. Als Anjou jene matt-silbrige Scherbe, die Ronda so seltsam beäugt hatte, aufhob und in die Hand nahm, krächzte Ronda laut. Erschrocken hielt er inne und folgte ihrem Blick. Die trübe Oberfläche dieses unregelmäßigen Dreiecks löste bei ihm ein komisches Gefühl aus. Ihm war plötzlich, als ob er in ein altes Gemäuer einzog, in dem schon lange kein Mensch mehr gewesen war. Irritiert legte er die Scherbe zusammen mit der Schnalle und der Münze zurück in das Kästchen. Ronda schien das nicht zu gefallen, sie hüpfte unruhig von einem Bein auf das andere.

„Was?", fragte Anjou, der nicht verstand, warum Ronda mit einem Mal so aufgeregt war. Manchmal wünschte ich, du wärst ein Papagei, dachte er, dann hätte ich wenigstens das Gefühl, ich könnte mit dir reden. Er seufzte und spürte mit einem Mal, wie erschöpft er war. Die Ereignisse des Tages hatten ihn mehr mitgenommen, als er zugeben wollte. Er ließ sich rücklings auf sein Bett fallen. Für einen Moment wollte er sich ausstrecken. Das Bett ist auch schon wieder kleiner geworden, dachte er müde, als er seine Füße über die Kante hängen ließ. Gleich darauf schlief er ein.

Anjou wusste nicht genau, was ihn geweckt hatte. Er hatte etwas Seltsames geträumt. Von Krähen und silbrigen Scheiben, bis eine Stimme „erwache" gerufen hatte und ihn geweckt hatte. Na ja, nun bin ich ja wach, dachte Anjou und gähnte herzhaft. Von seinem Bett aus, konnte er den vollen Mond durch sein Zimmerfenster sehen. Sein Licht floss sanft in den Raum und ergoss sich über alles, was sich in ihm befand. Ronda kauerte immer noch auf ihrem zerschlissenen Kissen, den Kopf hatte sie unter ihren einen Flügel gesteckt. Anjou war erleichtert. Sie war bei ihm. Von unten drangen Stimmen an sein Ohr. Eine klang verdächtig schrill. Die Neue! Mit seinem Vater in der Küche. Mist! Er hatte die erste Möglichkeit, seinem Vater zu begegnen, verschlafen. Die Neue war unüberhörbar in ihrem Element.

Anjou erhob sich, schlich sich zur Treppe, beugte sich über das Geländer und lauschte. Ein schmaler Lichtstreifen rann aus der Küchentür in die Diele. Unverständliche Wortfetzen der Neuen drangen zu ihm hinauf. Dann die brummige Antwort seines Vaters. Irgendwas mit „nicht vorstellen."

Dummes Waschweib, dachte Anjou. Sie würde alles übertreiben. Vorsichtig tastete er sich mit seinem Fuß bis an die Kante der oberen Stufe. Er musste näher ran, aber das Holz war alt. Ein falscher Tritt und das Knarren der Treppe würde ihn verraten. Er tastete sich Fuß um Fuß vorwärts, eine Hand auf dem Geländer. Als er etwa die Hälfte der Treppe geräuschlos hinter sich gebracht hatte, hörte er die Neue schrillen: „Wir werden noch alle krank von diesem Vieh!" Der Rest war unverständlich und versickerte zu einem Flüstern. Anjous Arm schmerzte vor Anspannung, so fest hatte er seine Hand um das Geländer geschlossen. Tief und leise hörte er die Stimme seines Vaters. Bruchstückhafte Sätze.

„... keine andere Wahl ..., ... nur an Birdisday".

Anjou zuckte zurück. Scharf zog er die Luft ein. Er konnte zwei und zwei zusammenzählen. „Nur an Birdisday" hieß im Klartext, dass Ronda geschlachtet werden sollte. Zur Ehre des Schwarzen Ritters wie die anderen Vögel. Anjou würgte bei diesem Gedanken. Er hasste diesen Tag, seit es ihn gab, denn er verabscheute es, wenn unschuldige Wesen aus Gründen der Ehre ihr Leben lassen sollten. Außerdem fiel sein Geburtstag mit diesem „dankwürdigen" Tag zusammen. Ein Grund, auch seinen vierzehnten nach Vorschrift feiern zu müssen: Auf dem Markt wie alles Volk. Anjou biss sich auf die Unterlippe. Ronda schwebte in höchster Lebensgefahr und ihm blieb kaum Zeit, um das zu ändern. Leise stieg er die Treppe wieder hinauf. Im Angesicht des drohenden Todes wurde ihm mit einem Mal bewusst, wie viel Ronda ihm bedeutete. Sie war nicht nur ein Vogel, der ihm die Zeit vertrieb. Sie war seine Freundin. Seine Vertraute. Sie bedeutete ihm mehr, als alles andere auf der Welt. Sie durfte nicht sterben. Weder morgen, noch irgendwann. Niemals. Er musste sie retten. Aber wie?

Birdisday

Anjou wusste nicht aus noch ein.

„Mit ihren innerhäusigen und missglückten Flugversuchen wirbelt sie einfach zu viel Staub auf." Die Worte seines Vaters klangen wie auswendig gelernt. Ein grausames Theaterstück, von der Neuen geschrieben und von seinem Vater brav in Szene gesetzt. Anjou wusste nicht, was mehr schmerzte: Die Aussicht auf Rondas Tod oder die Unterwürfigkeit seines Vaters gegenüber der Neuen. Verräter! Feigling! Am liebsten wäre er auf seinen Vater losgegangen. Nur Rondas merkwürdiges Gebaren hielt ihn zurück. Sie schien von der schrecklichen Wendung, die ihr Schicksal nahm, vollkommen unberührt. Fast bereitwillig ließ sie sich in den Käfig sperren, den Anjous Vater mitgebracht hatte. Beim Hineinflattern hätte Ronda beinahe erneut das Holzkästchen vom Tisch gefegt. Anjou bemerkte es kaum. Er konnte einfach nicht glauben, dass sein Vater Rondas Schicksal auf so grausame Weise besiegelte. Schließlich war er es gewesen, der sie ins Haus gebracht hatte.

„Ronda wird ohnehin nie wieder richtig fliegen können", sagte sein Vater lahm, als er die Käfigtür hinter Ronda schloss und sich zum Gehen anschickte. Glaubte er wirklich, dass das sein Handeln rechtfertigte? Anjou schnaubte.

„Dann kannst du mich auch gleich umbringen, ich kann auch nicht fliegen", brüllte Anjou und schlug mit der flachen Hand auf den Tisch, dass das Kästchen tanzte. Er fühlte sich plötzlich ohnmächtig und klein. Wie damals, als seine Mutter ging und nicht zurückkehrte. Bloß jetzt nicht losheulen, dachte er verbissen.

„Komm nicht zu spät. Du weißt, wie unangenehm das wird." Mit diesen Worten verließ sein Vater mit der eingesperrten Ronda den Raum. Ja, das wusste Anjou, aber noch hatten die Feierlichkeiten nicht begonnen. Das würde erst gegen Mittag geschehen. Ronda hatte noch eine Galgenfrist von ungefähr zwei Stunden.

Unfähig, sich zu rühren, schaute Anjou durch einen Schleier aus Tränen auf das verwaiste Kissen, Rondas angestammten Schlafplatz. Stumm und teilnahmslos ragten aus dem zerschlissenen Stoff ein paar Strohhalme zur Decke wie unheilkündende Klauen. Was sollte er jetzt tun?

Die Treppe knarrte unter dem schweren Schritt seines Vaters. In Anjous Ohren klang es wie eine vorgezogene Klage. Anjou stöhnte. Er befand sich in einem Albtraum, aus dem es kein Erwachen zu geben schien. Mit einem Mal erschien Anjou sein Zimmer unerträglich. Fremd und leer. Er musste raus. Sprang zur Tür und rannte die Stiegen hinab. Die Tür zur Werkstatt seines Vaters war wie immer verschlossen, aber unter dem Türblatt lugte eine schwarze Feder hervor. Sie konnte noch nicht lange dort liegen, die Neue hätte sie umgehend entfernt. Anjou stutzte. War Ronda letzte Nacht in der Werkstatt seines Vaters gewesen? Wieso? Anjou legte die Hand auf die Klinke. Drückte sie herunter. Die Tür war nicht verschlossen. Merkwürdig, dachte Anjou und trat ein. Die Werkstatt war nicht größer als drei Pferdelängen im Quadrat und gegenüber der Tür, unter den beiden Fenstern, befand sich eine Werkbank. Die Fläche war aufgeräumt. Sein Vater hatte die halbfertigen Schuhe, die er nach seiner Rückkehr von seiner Handelsreise noch angefangen hatte, sorgsam unter die Werkbank gestellt. Der Arbeitsplatz wirkte fast so verwaist wie Rondas Kissen. Aber eben nur fast. Anjou trat dicht an die Werkbank heran. Im Halbdunkel der hinteren Ecke befand sich ein größerer etwa hüfthoher Gegenstand. Er stand an die Wand gelehnt. Seine Oberfläche war glatt und matt. Irgendetwas regte sich in Anjous Gedächtnis. Erinnerungsfetzen drifteten in sein überdrehtes Hirn. Als Junge hatte er seine Mutter ab und an dabei beobachtet, wie sie einen solchen Gegenstand für längere Zeit angestarrt hatte.

Anjou trat näher an dieses sonderbare Ding heran. Was hatte es in der Werkstatt seines Vaters zu suchen? Seine Finger glitten über die kühle Oberfläche. Irgendwie schien sie elastisch und weich. Ein bisschen wie ein kalter Pudding. Anjou hielt inne. An der unteren Kante war ein Stück herausgebrochen. Ein dreieckiges Stück. Blitzartig schoss ihm ein Gedanke durch den Kopf. Konnte das sein? Elektrisiert rannte er aus der Werkstatt, drei Stufen auf einmal nehmend, hoch in sein Zimmer, griff sich das Kästchen und stürmte zurück in die Werkstatt. Sein Herz schlug ihm bis zum Hals, als er seiner kleinen Schatztruhe die matte Scherbe entnahm und sie an das große Ganze hielt. Es passte genau. Anjou blickte in das große schimmernde Etwas, so wie er es auch schon mit seiner Scherbe getan hatte. Ob es an dem Halbdunkel lag oder an der erstaunlichen Größe dieses Gegenstandes, konnte Anjou nicht mit Sicherheit sagen, aber der matte Schimmer vor der dunklen Ecke erinnerte ihn an den Schimmer von Rondas Gefieder. Er spürte ein Unbehagen. Oder war es Angst? Was geschah hier? Sollte er nicht besser auf der Stelle diesen Ort verlassen? Stattdessen starrte er weiter wie gebannt auf den Gegenstand. Die Oberfläche schien sich zu verändern und ihm kam es so vor, als blickte er hinter die Oberfläche oder schaute er hindurch? Er sah sich an einem unbekannten Ort. Einer Art Einöde. Über ihm war schwarzer Himmel. Aber es waren keine Wolken, die das sonst strahlende Blau verdrängten, sondern Vögel. Schwarze Vögel. Wie eine homogene Form stiegen sie mal höher, mal sanken sie herab. Plötzlich löste sich ein einzelner Vogel aus der wogenden Masse. Mit angelegten Flügeln stürzte er sich auf Anjou. Kurz bevor der Vogel ihn erreichte, hörte er eine Stimme seinen Namen rufen: „Anjou". Der Klang erzeugte eine ungeheure Bewegung in Anjous Brust, aber auch die Oberfläche des Ovals bewegte sich und schlug Wellen. Noch ehe Anjou einen Finger rühren konnte, bekam der seltsame Gegenstand Risse und zersprang und mit ihm die schwarzen Vögel und die Stimme. Dennoch war Anjou alles andere als erleichtert. Fassungslos starrte er auf die vielen Einzelteile, die eben noch ein großes Ganzes gebildet hatten. Obwohl er überhaupt nichts von allem, was hier vor sich ging, verstand, war er sich bei einer Sache gewiss: Die Krähe, die sich auf ihn gestürzt hatte, besaß eine Unregelmäßigkeit im linken Flügel. Wie Ronda. Und dann diese Stimme. Es war zwar lange her, dass er sie gehört hatte, aber er war sich sicher, dass es die Stimme seiner Mutter war, die ihn beim Namen gerufen hatte. Er schauderte. Was ging hier vor? Was hatte das alles zu bedeuten? Und was hatte Ronda mit alldem zu tun? Es gab nur eine Möglichkeit, das herauszufinden. Er musste zu Ronda. Er fischte nach seiner Scherbe und schob sie in die Hosentasche, dann langte er in das Holzkästchen und steckte Gürtelschnalle und Münze ebenfalls ein. Hastig verließ er die Werkstatt, lief durch den Flur und zog die Haustür hinter sich zu. Er musste sich beeilen. Die Sonne stand schon hoch. Die Feierlichkeiten würden bald beginnen und seine Abwesenheit würde spätestens dann bemerkt werden, wenn sein Vater ohne ihn mit Ronda vortrat.

Anjou nahm eine Abkürzung über ein nicht bestelltes Feld. Seine nackten Füße spürten jede Unebenheit und die kühle Luft schmerzte in seinen Lungen, aber das war nicht wichtig. Er dachte nur an das, was vor ihm lag. Nicht nur in Bezug auf Ronda. Generell. Dieser Birdisday war zu blutig für seinen Geschmack. So viele kopflose Leiber, die auf dem Brunnenrand zuckten, während ihr Lebenssaft in den Brunnen strömte.

Wie gern wäre er diesem Ritual für immer fern geblieben, aber das war nicht möglich. Wer es versäumte, an dieser Zeremonie teilzunehmen, wurde von den Stadtältesten zum Markte gezwungen und musste von dem vergossenen Blut trinken bis zum Erbrechen. Bisher war das im Volk erst einmal geschehen und Anjou wollte diese Ausnahme weder fortsetzen, noch anderweitig auffallen. Seine blonden Haare und seine tränenreiche Empfindsamkeit waren schon Aufsehen erregend genug.

Atemlos erreichte er den überfüllten Marktplatz. In der wabernden Menge aus Menschenleibern und Vogelkäfigen, die aneinander schepperten wie müde Totenglocken, entdeckte er seinen Vater mit der Neuen in der dritten Reihe vor dem Brunnen. Mühsam schlängelte sich Anjou durch die zähe Masse von Menschenleibern, die sich nur widerwillig teilte. Wie hypnotisiert starrten sie alle auf den Brunnen. Nach einer gefühlten Ewigkeit stand Anjou endlich hinter seinem Vater. Zu seiner Überraschung saß Ronda ohne Käfig zu seines Vaters Füßen, als wäre es das Selbstverständlichste, was man an solch einem Tage machen konnte. Anjous Herz schlug schneller. Noch hatten sie ihn nicht bemerkt.

„Lang lebe der Schwarze Ritter, unser Retter!", rief Martok, der Stadtälteste, in die Menge.

„Lang lebe der Schwarze Ritter, unser Retter!", antworteten alle anderen, außer Anjou. Wie sollte er mit Ronda heil aus dieser Menschenmasse heraus kommen?

„Mögen die Opfer das Zwielicht fernhalten", intonierte Martok mit lauter Stimme.

„Mögen die Opfer das Zwielicht fernhalten", schnarrte das Volk.

„Schwarzer Ritter, wir danken dir", formierten sich alle Stimmen zu einer.

„Möge das Fest beginnen." Mit diesen Worten öffnete Martok den ersten Käfig und schnappte sich die verschreckte Kreatur. Es war ein weißes Huhn, das erbärmlich gackerte, bis es mit einem schnellen Schnitt durch den Hals sein Ende auf dem Brunnenrand fand. Anjou spürte, wie der Anblick des Blutes die Menschen veränderte. Ihre Blicke wurden hungriger. Und aggressiver. Er wusste, je weiter dieses Ereignis fortschritt, desto hemmungsloser wurde das Volk. Im vergangenen Jahr hatten die Letzten ihren Vögeln die Köpfe vom Rumpf gerissen, weil sie nicht länger warten wollten.

„Das Nächste!" Martok winkte ungeduldig. Die Menge wogte. Auch Anjous Vater rückte vor und bewegte sich zusammen mit Ronda zum Brunnen.

„Das Nächste!"

Es war soweit: Sein Vater und Ronda traten vor.

„Ich werde es tun!", brüllte Anjou, schnappte sich unter den verblüfften Augen von Vater und Menschenmenge die kleine Krähe, stürzte zum Brunnen und sprang in die Tiefe.

Im Stillen Wald

Anjou sah, wie das Licht der Brunnenöffnung schneller als eine zu heiß gewaschene Woll-Socke schrumpfte, während er wie ein Stein in die Tiefe sauste. Hilflos ruderte er mit den Armen. Verlor dabei Ronda an die Schwärze des Schachts. Überschlug sich. Raste tiefer. Schrie. Und fiel. Und schrie. Bis seine Stimme erstarb.

Anjou spürte beim Aufprall jeden einzelnen Knochen in seinem Körper. Dennoch war der Aufprall nicht so hart und endgültig wie erwartet. Er setzte sich auf. Bewegte vorsichtig Arme und Beine. Etwas steif, aber heil. Irgendetwas pikte schamlos in sein rechtes Hinterteil. Etwas Spitzes. Er griff mit seiner Hand in die Hosentasche. „Autsch", wollte er sagen, als er die kleine Spiegelscherbe zu fassen bekam, aber seine Stimme gab keinen Laut von sich. Anjou versuchte, sich zu räuspern. Nichts. Der Aufprall hatte ihm offenbar die Sprache verschlagen. Sein Schädel summte wie ein Bienenschwarm. Verwirrt blickte er sich um. Irgendetwas stimmte hier ganz und gar nicht. Dies war nicht das Ende. Nicht seines und nicht des Brunnens. Aber was war es dann? Er rieb sich die Augen und gähnte. Ihm war mit einem Mal so nach schlafen. Ob das an dem weichen Boden lag wusste er nicht zu sagen. Müde schaute er nach oben. Anstelle eines Brunnenschachtes sah er Bäume über Bäume. Ihre ausladenden Kronen hatten Blüten wie Pfeifenputzer. Sie dufteten nach würziger Vanille. Ansonsten war es – still. Zu still nach Anjous Geschmack. Grabesstill. War er vielleicht tot und merkte es nur nicht? Aber wieso war er dann in einem Wald? Wo immer er auch war, es war sonderbarer, als alles, was er bis jetzt kannte. Sogar sonderbarer, als einen Vogel zur Freundin zu haben. Einen Vogel? Ronda!

Erinnerungen wühlten sich durch sein müdes Hirn. Sein vierzehnter Geburtstag. Birdisday. Sein Vater. Die Neue. Ronda, die geopfert werden sollte. Ihretwegen war er in den Brunnen gesprungen – und hier gelandet. Ohne Ronda? Zumindest hörte er nichts. Kein Flattern, kein Krächzen.

Er blickte suchend in die Äste über sich. Vielleicht war Ronda in einem der Zweige hängen geblieben. Aber da war nichts Schwarzes, keine Feder, keine Bewegung. Es gab keinen Hinweis auf seine kleine Freundin. Anjou fröstelte. Sollte sie im Brunnenschacht hängen geblieben sein?

„Ronda", wollte er rufen, aber wieder versagte seine Stimme. Was war hier los? Angst kroch ihm über den Rücken und blieb in seinem Nacken sitzen. So einsam hatte er sich schon lange nicht mehr gefühlt. Wie betäubt saß er auf dem weichen Boden und konnte nicht verhindern, dass er wie ein Dreijähriger weinte. Wie lange konnte er nicht sagen. Alter Schmerz und Tränen, beides schien zeitlos. Plötzlich wollte er nur noch nach Hause. Selbst die

Neue erschien ihm mit einem Mal erträglich. Was war schon ihr allgegenwärtiger Staubwedel gegen das hier? Anjou wischte sich über seine Wangen. Wenn nur seine Augenlider nicht so schwer wären. Träge waberte ein Gedanke heran. Vielleicht war Ronda gar nicht so weit weg, sondern nur woanders gelandet. Dann musste er nach ihr suchen. Schwerfällig rappelte er sich hoch. Mit der Bewegung seines Körpers kam auch ein bisschen mehr Leben in seinen Geist. Wohin sollte er sich wenden? Irgendwie wirkte hier alles gleich. Da kann ich auch gleich eine Münze werfen, dachte er träge. Gerade wollte er in seine Hosentasche langen, da nahm er aus den Augenwinkeln eine Bewegung wahr. Zeitlupenartig wandte er den Kopf. Hinter einem etwa zehn Meter entfernten Baum hüpfte geräuschlos flatternd etwas Schwarzes hervor. Anjous Herz machte einen Sprung. Er wollte seufzen, stöhnen, jauchzen, wollte wieder „Ronda" rufen. Stattdessen schnappte er stumm wie ein Fisch nach Luft. Kein Zweifel, das war Ronda, wie sie leibte und lebte. So herumflattern konnte kein anderer Vogel. Die Vermisste hüpfte heran, hielt für einen kurzen Moment inne, neigte den Kopf zur Seite und ihr dunkles Auge sank in den Blick von Anjou. Einen heiligen Augenblick lang schienen sich Welten zu verschränken und Anjou hatte mit einem Mal ein Gefühl von Leichtigkeit. Dann war der Moment vorbei. Müde ging er in die Hocke. Alles ist gut, dachte er, Ronda ist da, jetzt kann ich mich erstmal ausruhen und schlafen.

„Aufstehen, aufsteeeeeehn!" Rondas schriller Schrei erreichte Anjou, gerade als er sich auf dem Boden ausstrecken wollte. Er schreckte hoch und riss die Augen weit auf. Ronda hatte so schrill geklungen wie die Neue. Nur mit dem Unterschied, dass die Neue ein Mensch war und Ronda ein Vogel. Ihm schwindelte. Wie war das möglich? Ronda schien mit einem Mal der Sprache mächtig, während er keinen Laut mehr herausbrachte.

„Loooos, wir müssen uns beeilen. Steh auf. Auf, auf, auuuuuuf!"

Es war tatsächlich Ronda, die mit Worten lautstark auf ihn einkrächzte.

„Au!", schrie Anjou lautlos, als ihn Ronda auch noch mit ihrem Schnabel in die Hand piekte, als wollte sie unter seiner Haut nach Würmern graben. Nein, definitiv kein Traum, dachte Anjou und rieb sich die Hand.

„Wer nicht hören kann, muss fühlen. Wer nicht hören kann, muss fühlen." Jetzt klang es fast, als trällerte Ronda ein Lied. Das brachte Anjou endlich auf die Beine. Ronda flatterte und hüpfte um ihn herum. War sie noch ganz bei Trost? Er wurde noch etwas wacher. Ronda trat einen Moment auf der Stelle, legte die Flügel an und reckte schulmeisterlich den Kopf vor.

„Wir sind im Stillen Wald gelandet. Nicht ohne Grund. Er ist die Schwelle zu Seinem Reich. Wir müssen den Wald so schnell wie möglich durchqueren."

„Warum die Eile?", hätte Anjou gern gefragt. Ronda jedoch schien zu ahnen, was in ihm vorging.

„Hier ist es deshalb so still, weil alle Lebendigkeit eingeschlafen ist. Umgang färbt ab. Das gilt hier ganz besonders. Wenn du also nicht zu Totholz werden willst, tust du gut daran, dich zu bewegen." Für einen Moment wurde Ronda so still wie der Wald.

Anjou versuchte zu verstehen, aber sein Hirn war bereits so träge wie ein schwangeres Nilpferd. Was Ronda redete, ergab für ihn keinen Sinn. Er wollte sich gerade wieder zu Boden sinken lassen, da flatterte Ronda bis auf Augenhöhe und verwandelte sich in ein geflügeltes Megaphon.

„Weiter, weiter, du hast eine ganze Welt zu retten!", brüllte sie Anjou ins Gesicht. Der riss vor Schreck die Augen auf. *Welt retten? Er?* Anjou schüttelte den Kopf. Ronda hatte bei dem Sprung in den Brunnen offensichtlich Schaden genommen. Da war es wohl am besten, wenn er tat, was sie verlangte, um ihr jede weitere Aufregung zu ersparen.

Mit Gliedern, die mit Sand gefüllt zu sein schienen, setzte er sich in Bewegung. Schleppend folgte er Ronda, die durch den Wald hüpfte, als wäre sie hier zu Hause. Anjou schnaufte stumm und blieb stehen, als sie an eine kleine Anhöhe kamen. Seine Augenlider sanken dabei erneut verdächtig nieder.

„Du dummer Junge, du. Nicht stehen bleiben. Schlafen kannst du woanders, aber nicht hier! Die Gefahr, nicht wieder aufzuwachen, ist viiiiel zu groß", kreischte Ronda. Der schrille Tonfall jagte Anjou einen Schauer über den Rücken. Schweiß stand auf seiner Stirn.

„Nur noch über diesen Wall", sagte sie und wies auf die vor ihnen liegende Anhöhe. Anjou stöhnte. Da sollte er rüber? Er beugte sich vornüber. Stützte sich mit seinen

Händen auf den Oberschenkeln ab. Verschnaufen. Nur für einen Moment.

„Es kostet mehr Kraft, etwas nicht zu tun, als es zu tun." Ronda sprang munter bis auf die halbe Höhe des Walls und schaute auf Anjou spitzschnabelig hinunter. „Selbstüberwindung ist der Schlüssel. Nur so kommst du voran."

Anjou schleppte sich hinter Ronda her und erreichte kurz nach ihr den Kamm. Ungenutztes Potential ist tatsächlich ganz schön Kraft raubend, dachte Anjou erschöpft und schnaufte stumm vor sich hin. Ronda flatterte einmal auf und nieder.

„Wälle sind wie Ängste – sie wollen nicht umgangen, sondern überwunden werden." Damit drehte sie sich um und hüpfte den Wall hinunter und aus dem Wald hinaus. Während Anjou der Krähe abwärts hinterher stolperte, spürte er, wie langsam wieder Schwung in seinen Körper kam. Zuletzt rannte er fast aus dem Stillen Wald und wäre beinahe über einen Stein gestolpert. Alle Müdigkeit war mit einem Schlag verflogen. Anjou blinzelte. Verblüfft blickte er sich um. Der Boden war mit Steinen übersät und hier und da ragten Felsen vereinzelt oder in Gruppen wie rote dicke, lange und kurze Finger in den hellgrauen Himmel. Manche waren nicht größer als er, andere überragten ihn fast um das Doppelte. Keine Pflanze, kein Strauch brach die klaren Konturen dieser Szenerie. Jede Bewegung würde sofort den Blick auf sich ziehen. Anjou sah aber nichts, was sich bewegte. Geschweige denn flatterte. Ronda, die eben noch munter vor ihm aus dem Wald gehüpft war, war zum zweiten Mal wie vom Erdboden verschluckt. Anjou seufzte laut. *Laut?* Er räusperte sich geräuschvoll. Tatsächlich. Seine Stimme war wieder da.

„Ronda, Rooonda!", rief er so laut, wie er konnte, und sprang dabei über den großen Stein, der vor seinen Füßen lag.

Etwa zehn Meter vor ihm, hinter einem mannshohen Felsen wirbelte plötzlich Staub auf. Ein schwarzer Flügel, ein vertrautes Flattern, und schließlich Ronda, die auf Anjou zuhüpfte, als wäre nichts gewesen.

„Kein Grund zur Panik. Ich wollte nur schauen, ob wir sicher sind. In diesem Gelände tummelt sich so allerhand, mmmh, wie soll ich sagen, Volk."

Anjou fiel ein Stein vom Herzen. Weniger wegen der Worte, die Ronda machte, sondern WEIL sie welche machte. Sie war des Sprechens mächtig geblieben. Trotzdem wollte sich Anjou damit nicht zufrieden geben. Er hatte gefühlte tausend Fragen. Wie aus einer Quelle, die zu lange verkorkt gewesen war, sprudelte es aus ihm heraus: „Was soll das alles? Wo sind wir hier überhaupt?" Mit ausladender Geste beschrieb er einen Halbkreis ins Gelände. „Und wieso kennst du dich hier so gut aus?"

Demonstrativ setzte er sich auf den nächstbesten Stein. Selbst wenn Ronda ihn jetzt wieder piekte, würde er nicht einen Schritt weitergehen. Jedenfalls nicht ohne ein paar erhellende Erklärungen.

Spieglein, Spieglein

Ronda schien zu ahnen, dass Anjou keinen Fußbreit vom Felsen weichen würde, wenn sie ihm jetzt nicht antwortete.

„Siehst du den hohen Felsen dort?" Flügelschwenkend wies Ronda in das Wirrwarr großer und kleiner Felsen. Anjou sah viele hohe Felsen, denn die meisten waren größer als er, aber dort, wo Rondas Flügel hinwies stand ein Exemplar, das nicht nur lang, sondern auch deutlich breiter war, als die anderen. Anjou nickte knapp.

„Im Schutz dieses Felsens werde ich dir antworten. Bis dahin musst du dich jedoch wohl oder übel gedulden." Ronda flatterte voraus und Anjou blieb nichts anderes übrig, als ihr zu folgen. Je weiter er sich vom Stillen Wald entfernte, desto leichter wurden seine Schritte. Geschickt umrundete er jeden Stein, der größer war als eine Schildkröte. Im Gegensatz zu des Waldes ermüdender Atmosphäre fühlte er sich in dieser Gegend sehr wohl. Die Felsen erinnerten ihn an Menschen, die in Gruppen zusammenstanden. Sie wirken wie ein versteinertes Volk, dachte er. Er setzte seinen Fuß auf einen flachen Stein und sprang leichten Gemüts in den Schatten des Felsens, den Ronda ausgewählt hatte, ließ sich vor ihm zu Boden gleiten und lehnte sich mit dem Rücken gegen ihn. Erwartungsvoll schaute er auf Ronda, die sich keine Armeslänge vor ihm platzierte.

„Ich hoffe, du trägst etwas bei dir, das du von zu Hause mitgenommen hast." Ronda wippte mit dem Schwanz wie mit einem Taktstock. Anjou tastete mit einer Hand zu seiner rechten Hosentasche. Die Scherbe aus dem Holzkästchen bildete dort ein kleines unregelmäßiges Dreieck. Er zog sie hervor.

„Die Scherbe ist das Eine", nickte Ronda. „Aber du hast hoffentlich auch noch die zwei anderen Gegenstände dabei." Anjou, der sich bei diesen Worten fühlte wie in einer Prüfung, griff schnell in die andere Hosentasche und holte die Münze und die Gürtelschnalle hervor. Irgendwie war ihm mit einem Mal flau im Magen. Wie gut, dass er einen Felsen im Rücken hatte. Er gab ihm wohligen Halt. Was wollte Ronda ihm sagen?

„Du bist Anjou, Sohn von Manjana", sagte Ronda schlicht. Dabei hüpfte sie von einem Bein auf das andere.

Anjou zog geräuschvoll die Luft ein. Das ist nichts Neues, dachte Anjou enttäuscht. Dann hätte er sich beinahe verschluckt. Woher wusste Ronda, wie seine Mutter hieß? Sie hatte sie nie kennengelernt, noch war ihr Name in ihrem Beisein gefallen. Ronda, der die Schnappatmung Anjous nicht entgangen war, fuhr hüpfend fort: „Deiner Mutter bist du hier wahrscheinlich näher, als du es seit langer Zeit warst. Zumindest räumlich." Ronda hatte die Stimme ein wenig gesenkt, sodass es beinahe verschwörerisch klang.

„Was sagst du da?" Anjous rechte Hand krallte sich um die Spiegelscherbe, sodass es ihn piekte. Unwillkürlich öffnete er die Faust und die Scherbe fiel geräuschvoll zwischen Staub und Stein.

„Lass niemals los, was so kostbar ist, wie dieses Kleinod. Niemals, hörst du?" Rondas Stimmlage klang mit einem Mal gefährlich hoch und Anjou griff hastig nach der staubigen Scherbe. Dann rieb er sich mit der geschlossenen Faust über die Brust, als könnte er damit den Druck mindern, der dort lastete. Hatte er richtig gehört? Erinnerungen spulten sich in sein Bewusstsein, liefen ab wie ein Film, der zu schnell gedreht worden war: Blaue, sanfte Augen. Eine Hand, die Locken aus seiner Stirn strich. Lachen. Stille. Einsamkeit. Schmerz. Seine Mutter war verschwunden. Unerreichbar. Tot. Zumindest hatte es sich für Anjou all die Jahre so angefühlt. Anjou schluckte die aufsteigenden Tränen hinunter. Und jetzt sollte sie mit einem Mal hier sein? Was immer das „Hier" meinte.

„Fremdland." Ronda unterbrach Anjous Gedanken.

„Fremdland?", wiederholte Anjou lahm und nur um irgendetwas zu haben, an dem er sich gedanklich festhalten konnte.

„Ja, Fremdland", bestätigte Ronda. „Zumindest für dich. Nicht für mich." Ronda hörte auf, mit dem Schwanz zu wippen und legte den Kopf ein wenig schief. Anjou verengte die Augen. Zum ersten Mal fühlte er sich in Rondas Nähe unwohl. Er wusste nicht, was schlimmer war: Die Sehnsucht nach der Mutter oder die Erkenntnis, dass Ronda ganz offenbar nicht das war, wofür er sie bisher gehalten hatte. Irgendwie war alles verdreht. *Ver-rückt*, im wahrsten Sinne des Wortes – seit er in den Brunnen gesprungen war, passte nichts mehr zusammen.

„Wer bist du? Woher kommst du?", hauchte Anjou, seine Stimme klang kraftlos wie eine ausgeleierte Feder.

„Ich lebe hier. Wie alle schwarzen Krähen. Das Reich des Schwarzen Ritters ist unser Zuhause. Die meisten von uns leben bei ihm auf der Burg der Spiegel, auch wenn sein Einfluss viel weiter reicht."

„Schwarzer Ritter? Burg der Spiegel?", echote Anjou irritiert und kam sich dabei vor wie ein Papagei, der sinnfreie Worte nachplappert.

„Der Schwarze Ritter regiert über die Burg der Spiegel und liegt wie ein Schatten über allem, was kreucht und fleucht. Er hat den Menschen übel mitgespielt und ihnen ihr kostbarstes Gut geraubt – den Schlüssel zu ihrer Seele und damit den Zugang zu ihrer höchsten Wahrheit."

Anjou schnappte nach Luft. Er starrte auf die schwarze Krähe. Es gruselte ihn, dass Ronda von seiner Mutter scheinbar mehr wusste, als er selbst. Und es machte ihm Angst, dass seine bisher engste Vertraute einem Volk angehörte, das einer finsteren Gestalt diente, die scheinbar sehr mächtig war. Ihm war plötzlich speiübel. War Ronda ihm wirklich so vertraut, wie er bisher geglaubt hatte? Obwohl der Stein in Anjous Rücken eine wohltuende Wärme abstrahlte, bekam er eine Gänsehaut. Als Ronda fast auf seine Beine hüpfte, wäre er gern von ihr weggerückt, aber der Fels in seinem Rücken gab keinen Millimeter nach. Da streckte Ronda auch noch ihren Flügel aus.

Anjou hätte schreien mögen, stattdessen biss er in seine Lippe. Mit aufgerissenen Augen blickte er auf den linken Flügel, den Ronda ihm ausgestreckt hinhielt. Die Eleganz der Linie, die der Flügel beschrieb, wirkte noch immer leicht verdreht. Anjou hielt die Luft an.

„Weißt du, warum mich dein Vater mit zu euch nach Hause genommen hat?", fragte Ronda leise. Nein, das wusste er nicht und er war sich nicht sicher, ob er es gerade jetzt erfahren wollte. Stumm schüttelte Anjou den Kopf, den Blick nach wie vor starr auf die Krähe gerichtet, die Hände zu Fäusten geballt.

„Weil er wusste, dass es etwas ganz Besonderes zu bedeuten hat, wenn eine Krähe ihr Leben riskiert, um zu den Menschen zu kommen." Ronda klappte den Flügel wieder ein. „Sich von der Burg der Spiegel zu entfernen, ist nicht leicht, und als Vogel zu den Menschen zurückzukehren, sogar lebensgefährlich." Ronda stockte. Anjou zog die Schultern hoch. In ihm tobte ein wildes Durcheinander von Gedanken, Gefühlen, Empfindungen und Eindrücken. Welche Rolle spielte Ronda wirklich? Freundin oder Feindin?

Ronda schien zu spüren, was in Anjou vorging. Sie machte einen Hüpfer zurück.

„Wenn du wissen willst, ob ich dir Freundin oder Feindin bin, dann blicke in den Spiegel. Er wird dir die Wahrheit enthüllen."

Erneut klappte Ronda einen Flügel aus und wies auf Anjous Faust. Jetzt erst bemerkte Anjou, dass er immer noch die kleine Scherbe mit der rechten Hand umklammerte. Er schaute sich die Scherbe genauer an. Sie war nicht nur trüb, sie war vor allem klein. So etwas würde er kaum als Spiegel bezeichnen.

„Dieses Stück ist zwar nur ein Bruchteil dessen, was es einst war, aber das genügt. Jedes Teil trägt das Ganze bereits in sich. Du musst nur richtig hinschauen. Dann ist es ganz einfach." Ronda wippte bekräftigend mit der Schwanzfeder.

Konnte das stimmen? Er dachte an sein erstes Spiegel-Erlebnis in der Werkstatt seines Vaters. Wie von selbst war es gegangen. Und es war schrecklich gewesen. Albtraumhaft. Die vielen schwarzen Vögel. Der Schrei seiner Mutter. Er hatte kein großes Verlangen nach mehr davon. Ihm war so unbehaglich wie vor einer Prüfung, auf die er schlecht vorbereitet war.

„Wer der Wahrheit auf den Grund gehen will, muss in den Spiegel schauen. Also los, schau hinein. Schau in die Scherbe mit deiner Frage, ob du mir trauen kannst", drängte Ronda. „Gewissheit erlangst du nicht durch Vermuten oder Glauben, sondern allein durch Erfahrung." Als Anjou immer noch nicht reagierte, setzte Ronda hinzu: „Deine Mutter würde nicht so lange zögern."

Das gab den Ausschlag. Wenn etwas dran war an dieser Burg der Spiegel und seiner Mutter, dann musste er so schnell wie möglich zu ihr. Er würde seine Mutter von dieser Burg nach Hause holen und die Neue würde aus seinem und dem Leben seines Vaters wieder verschwinden. Er seufzte tief.

„Was muss ich tun?"

„Schau es dir genau an. Versuche, das Vordergründige zu durchdringen."

Anjou starrte auf das seltsame Ding. Schweiß und Staub hatten scheinbar undurchdringliche Spuren hinterlassen. Er versuchte, die Scherbe an seiner Hose zu säubern, aber auch ohne die Verschmutzungen blieb die Oberfläche trübe. Er starrte auf die Scherbe. Versuchte etwas in ihr zu sehen. Blinzelte.

„Du darfst dich nicht anstrengen." Ronda hüpfte aufmunternd vor ihm auf und nieder. „Es sollte wie von selbst geschehen. Dein Blick muss ganz weich bleiben, dann ist es ganz leicht."

„Du hast gut reden", schnaubte Anjou und zog die Augenbrauen zusammen. Ungeduldig schaute er auf die Scherbe. Er wollte eine klare Antwort. Unwillkürlich dachte er an den Abend zurück, als Ronda zu ihm gekommen war und sogleich wurde sein Blick weicher. Sein Umfeld wurde unscharf, genau wie die Oberfläche. In ihm gab etwas nach. Er spürte, wie er sich ein wenig entspannte. Die trübe Oberfläche der Scherbe wich einem matt schimmernden Glanz, bis ein Bild entstand. Sein Bild. Der Spiegel zeigte ihm sein Antlitz. Nicht mehr und nicht weniger.

„Ich sehe nur mich." Enttäuscht ließ Anjou die Hand sinken.

„Natürlich siehst du nur dich!" Ronda schüttelte den Kopf, als könnte sie nicht glauben, dass Anjou das Selbstverständlichste von der Welt nicht begriff.

„Beim Spiegeln darfst du dich nicht mit Oberflächlichem begnügen. Du musst tiefer blicken, um zu erkennen. Erst dann wirst du wissen. Die Wahrheit liegt immer unten, nie obenauf. Versuch es nochmal. Du bist schon nah dran", drängte Ronda.

Anjou fixierte die Scherbe erneut. Bildete er es sich nur ein oder glänzte die Oberfläche jetzt mehr? Wieder dachte er an die Anfangszeit mit Ronda zurück. Sein Gesicht erschien erneut im Spiegel, doch diesmal versuchte er hindurchzublicken, als wäre es nur eine Fassade, substanzlos und scheinhaft. Sein Gesicht verschwand und er sah stattdessen ein schwarzes Gebilde. Ihm wurde heiß. Das kam ihm irgendwie bekannt vor. Hunderte von Krähen kreisten über einer mit Zinnen bewehrten Burg. Anjou spürte einen Sog, der ihn der Burg näher brachte. Mit einem Mal hatte er das Gefühl, dass ein riesiger Schatten auf ihn fiel. Er vernahm spitze Schreie, Krähenstimmen, die scharf die Luft durchschnitten. Eben löste sich eine einzelne Krähe und stürzte genau auf ihn zu. Anjou schrie auf. Die Scherbe entglitt seiner Hand. Mit weit aufgerissenen Augen schaute er auf Ronda. Schüttelte fassungslos den Kopf. Hatte sich Ronda gerade auf ihn gestürzt, um ihn anzugreifen?

„Was ist los? Was hast du gesehen?" Ronda klang alarmiert.

„Du bist nicht meine Freundin!" Anjous Stimme überschlug sich fast. Er schlug beide Hände vor den Mund, als könnte er so die ungeheuerliche Wahrheit zum Schweigen bringen.

„WAS?" Ronda schien im gleichen Maße überrascht

über das Ergebnis der Schau, wie Anjou darüber schockiert war.

„Was genau hast du gesehen?" Ronda trippelte aufgeregt vor Anjou hin und her.

„Da waren Hunderte von schwarzen Krähen. Über einer Burg. Du warst eine von ihnen. Du hast dich auf mich gestürzt." Anjou zitterte von Kopf bis Fuß.

„Du hast mich getäuscht! Du gehörst zum Gefolge des Schwarzen Ritters und hast mich in sein Reich gelockt!" Anjou heulte die Worte heraus wie ein getretenes Tier.

„Das ist nicht wahr!" Ronda machte einen großen Hüpfer auf der Stelle. „Der Spiegel war nicht eindeutig, aber ziehe deshalb keine voreiligen Schlüsse." Ronda bemühte sich um einen ruhigen Tonfall.

„Voreilig? Ich habe es GESEHEN!", brüllte Anjou. Ronda hüpfte einen halben Meter zurück.

„Auch wenn du mir momentan nicht glauben magst, sage ich es noch einmal: Der Spiegel lügt nie."

„Und ich habe gesehen, was ich gesehen habe."

„Mag sein, aber du solltest wissen, dass starke Gefühle die Einsicht verändern können und das zu Schauende beeinflussen." Ronda hielt inne. Es war, als hätte sie gerade etwas Wichtiges in ihren eigenen Worten entdeckt. Sie legte den Kopf schief.

„Hattest du Angst, als du in die Scherbe geblickt hast?", fragte sie eindringlich.

Anjou starrte wie gebannt auf die Spitze von Rondas Schnabel.

„Nee! Wovor denn? Vor einer schmutzigen Spiegel-

Scherbe?"

Als Ronda ihn weiterhin still musterte, fügte er leiser hinzu: „Na ja, vielleicht war ich ein bisschen unsicher. Wegen der neuen Umgebung und so", versuchte Anjou seine wahren Gefühle herunterzuspielen. Auch wenn er es vor Ronda nicht offen zugeben mochte: Er war aufgeregt. Er war unsicher und er HATTE Angst. Angst vor dem Spiegel. Angst vor der Wahrheit. Einen Haufen Angst sogar.

„Das ist es! Das ist es! Das ist die Lösung!" Mit allem hätte Anjou gerechnet, aber nicht damit, dass Ronda wie ein geflügelter Ball auf und nieder springen und sich dabei noch um die eigene Achse drehen würde.

Anjous Mundwinkel zogen sich unwillkürlich nach oben. Fast hätte er laut losgelacht. Was sollte er jetzt machen? Was glauben? Was war die Wahrheit? Er kniff die Augen zusammen. Ronda hatte nicht nur äußerlich einigen Staub aufgewirbelt.

„Angst ist ein starkes Gefühl. Eines der stärksten überhaupt. Sie versteckt sich gern hinter anderen, vordergründigen Gefühlen wie Aufregung oder Unsicherheit."

„Und?" Anjou fühlte sich plötzlich noch unbehaglicher und Ronda hörte auf zu hüpfen.

„Angst wirkt nicht nur magnetisch, sondern formt durch ihre Kraft Umstände und Situationen so, dass sie dem gleichkommen, vor dem du dich fürchtest. Das kann die Wahrheit manchmal bis zur Unkenntlichkeit verzerren." Ronda wirkte mit einem Mal sehr ernst. Anjou holte tief Luft.

„Angst verrät dich. Wenn du große Angst hast, kannst du schreckliche Sachen mit dem Spiegel erleben. Dein Gefühl überträgt sich, schlägt Wellen und erzeugt Illusionen, die weder klar, noch eindeutig sind." Ronda war Anjou wieder näher gekommen, näher als ihm gerade lieb war.

„Willst du damit sagen, der ganze Grusel im Spiegel ist von mir selbst? Erzeugt durch meine eigene Angst?"

Anjou merkte gar nicht, dass er seine Angst gerade offen zugegeben hatte, so unglaublich fand er Rondas Worte.

„Zweifle ruhig noch ein wenig – an mir, meinen Worten oder was auch immer. Zweifel schadet nicht, solange er nicht vorschmeckt und deine Entscheidungen lenkt. Zu viel davon macht jedoch verzweifelt, was noch mehr Angst erzeugt und dich noch mehr von der Wahrheit entfernt. Wenn du das zulässt, wirst du deine Mutter nicht wiedersehen. Willst du das?"

Anjous Unbehagen wuchs ins Unermessliche. Nichts schien mehr sicher. Nicht mal das, was er mit eigenen Augen sah. Sein Blick flackerte zu Ronda, die ihn ruhig ansah. Ob er wollte oder nicht, ihr Blick erzeugte unwillkürlich ein warmes Gefühl in seiner Brust. Er seufzte. Wenn er es wirklich wissen wollte, wenn er wissen wollte, was die letzte Wahrheit bezüglich Ronda war, musste er sich erneut einlassen und noch einmal in den Spiegel schauen. Langsam klaubte er die Scherbe vom Boden. Leckte sich über seine Lippen. Sie schmeckten salzig. Fragend schaute er zu Ronda.

„Ich weiß aber nicht, wie es gehen kann. Wie kann ich

klar sehen, wenn die Angst noch da ist?"

Ronda bewegte eine Kralle und beschrieb im Staub einen Kreis.

„Es gibt noch den Zweiten Weg. Eine andere Art des Sehens. Es geht über das oberflächliche Sehen weit hinaus. Man nennt es ‚wahrnehmen'. Das bedeutet so viel wie ‚die Wahrheit annehmen'. Eigentlich ist das nur etwas für Könner, aber mit meiner Hilfe wirst du es schon schaffen."

Was Anjou jetzt am wenigsten wollte, war Hilfe von Ronda. Andererseits: Hatte er eine Wahl?

„Also gut", sagte Anjou, obwohl gar nichts gut war. Mit gemischten Gefühlen blickte er erneut auf die silbrigmatte Oberfläche der Scherbe. In seinen Eingeweiden rumorte es verdächtig. „Und nun?", fragte er unsicher.

„Gehe mit deiner Aufmerksamkeit zur Mitte deiner Brust. Da liegt das Zentrum deines Herzens." Anjou tat wie ihm geheißen und spürte genau dort ein leichtes Kribbeln.

„Erzeuge nun in dir ein Gefühl von Dankbarkeit und denke dabei die Frage, die du beantwortet haben willst, während du dich gleichzeitig in den Spiegel versenkst. Egal, was dann geschieht, bleibe in dem Gefühl der Dankbarkeit."

Oje, dachte Anjou ratlos und versuchte vergeblich, sich dankbar zu fühlen. Die Scherbe schimmerte in seiner Hand. Wie konnte er spontan dankbar sein? Unter solchen Umständen? Er sah Ronda. Immer wieder Ronda. Wie viel Zeit hatte er mit ihr verbracht. Eine schöne Zeit. Bis jetzt. Dafür konnte er dankbar sein. Ganz von selbst wurde ihm mit einem Mal warm ums Herz. Anjou dachte aus diesem Gefühl heraus an das, was ihn gerade am meisten bewegte: Ist mir Ronda Freundin oder Feindin? Kann ich ihr trauen? Wieder und wieder wiederholte er diese beiden Sätze, während er gleichzeitig versuchte, dankbar zu sein. Die Oberfläche des Spiegels klärte sich. Erneut blickte Anjou in sein eigenes Antlitz.

„Lass einfach geschehen." Wie aus weiter Ferne drang Rondas Stimme an sein Ohr. Jetzt kam es darauf an: Er musste es schaffen, der Stimme seines Herzens zu lauschen, während er sich noch tiefer auf den Spiegel einließ. Er versuchte, ruhig und gleichmäßig zu atmen. Gönnte sich nach jedem Ausatmen eine kleine Atempause. Nach einer gefühlten Ewigkeit entwickelte sich wieder der Sog, der ihn hineinzog in einen Raum, der zwischen den Atemzügen zu liegen schien.

Er glitt tiefer und tiefer in diesen Raum. Einatmen – Ausatmen – Stille. Ein Gefühl der Dankbarkeit in Anjous Brust.

Einatmen – Ausatmen – Stille. Mit einem Mal sah er Ronda. Ihre Augen begegneten den seinen und er erkannte die Freundin in seinem Herzen.

Fremdland

Ein Feuerwerk zum Jahreswechsel hätte nicht großartiger sein können als das Gefühl, das Anjou plötzlich in seinem Körper verspürte. In seinem Rücken gab etwas nach. War es nur das Gefühl von Erleichterung, das diesen Eindruck erzeugte, oder hatte sich der Fels hinter ihm gerade bewegt? Auf jeden Fall konnte er jetzt wieder frei und unbeschwert atmen. Kein Zweifel. Ronda war seine Verbündete und treue Freundin. Tränen liefen ihm über die Wangen und, während er sich verstohlen über das Gesicht fuhr, tropfte die eine oder andere Träne auch auf die kleine Spiegel-Scherbe, die ihm soeben das schönste Erlebnis seines Lebens beschert hatte. Er wollte gerade aufspringen, da rumpelte und knirschte es hinter seinem Rücken. Der Fels in seinem Rücken gab tatsächlich nach, alles um ihn herum bebte und begann ein Eigenleben zu führen. Aus den Felsen und Steinen formten sich rundliche Gesichter mit Körpern, Armen und Beinen. Anjou drehte sich um. Der Fels hinter ihm hatte seine Metamorphose bereits beendet. Obwohl er durch die Transformation etwas geschrumpft war, überragte die neue Gestalt Anjou noch immer um gut eine Mannslänge. Der ehemalige Fels besaß jetzt einen gedrungenen Körper und wirkte ein wenig plump, mit Händen wie Schaufeln und Füßen wie Riesengaloschen. Aus den großen, runden Lehmaugen blickte er gütig auf Anjou herunter. Kartoffelknollen, schoss es Anjou durch den Kopf, und tatsächlich kam es ihm mit einem Mal so vor, als stünde er inmitten eines riesigen Feldes von lebenden überdimensionierten Erdäpfeln. Sein Mund klappte auf wie ein Scheunentor bei der Heuernte und, obwohl er sich weitab vom Stillen Wald befand, brachte er vor Staunen keine Silbe heraus.

„Wunderbar, wunderbar!", krächzte Ronda dafür umso lauter.

Ronda! Sie hatte er vor Schreck für einen Moment vollkommen vergessen. Hüpfend und sich plusternd sprang sie herum. Staub wirbelte hoch und Anjou musste laut lachen. Das war Ronda, wie er sie kannte.

„Du hast es geschafft. Ich habe es geahnt, aber jetzt weiß ich es. Du hast das Zeug für Könner im Blut. Du bist unsere Rettung." Ronda hörte auf zu hüpfen und stieg stattdessen nur noch von einem Bein aufs andere.

„Ach, jetzt fang nicht wieder mit diesem Weltengerette an." Das sollte abweisend klingen, aber Anjou war viel zu glücklich, um verärgert zu sein.

„Weltenrettung", korrigierte Ronda. Sie war mit einem Mal wieder ruhig geworden. Anjou stutzte. Ronda konnte das doch unmöglich ernst meinen – das mit dem „Die-Welt-Retten". Welche Welt eigentlich? Die, aus der er herausgesprungen war wie ein Floh aus einer dunklen Schachtel? Die konnte ihm gestohlen bleiben. Die hatte ihm seit dem Verschwinden seiner Mutter nichts weiter

65

eingebracht, als eine Neue, welche mit ihrem Putzwahn an seinen Nerven sägte, einen mehr oder weniger abwesenden Vater und Gleichaltrige, die keine Gelegenheit ausließen, ihn zu drangsalieren. Nein, diese Welt konnte gern mit Pauken und Trompeten untergehen. In ihr gab es nichts, was es wert war, gerettet zu werden, und falls doch, interessierte ihn das gerade herzlich wenig. Ihn interessierte nur eins: Der Verbleib seiner Mutter. Wenn er sie fand, befreite und nach Hause holte, wären sie wieder eine ganz normale Familie. Jetzt musste er zunächst in diesem Fremdland klarkommen. Was für ihn so skurril daher kam wie ein Löwe mit Badehaube, war offenbar Rondas Zuhause. Sie kannte sich aus. Im Gegensatz zu ihm. Anjou schaute sich erneut um. Unzählige Knollengesichter blickten ihn mit großen, runden Augen freundlich an. Er stutzte. Konnte es sein, dass sich seit der wundersamen Wandlung kein Knollengesicht auch nur einen Zentimeter von der Stelle gerührt hatte? Sie schienen alle an ihrem ursprünglichen Platz zu stehen. Wie angewurzelt, dachte Anjou.

„Wie ist das möglich? Wie können Felsen lebendig werden und sich dennoch nicht vom Fleck bewegen?", fragte er Ronda, die ausnahmsweise weder sprach, noch hüpfte.

„Oh, so lebendig sind sie leider noch gar nicht."

Anjou blickte enttäuscht drein. Ronda gab ihm Rätsel über Rätsel auf.

„Schon gut, schon gut", lenkte Ronda ein. „Wer sich wie du der Wahrheit nähert und dabei den Weg des Herzens nimmt, erzeugt Veränderungen, die im Innen wie im Außen weniger weitreichend sind."

„Weitreichend? Für wen?"

„Für dich und dein Umfeld."

„Aha. Der Spiegel kann also Landschaften verändern und aus Felsen lebendige Kartoffelgesichter machen."

„Der Spiegel kann gar nichts. Er weist nur den Weg. Er ist wie ein Tor, durch das du schon selber schreiten musst, um zur Wahrheit vorzudringen."

Ronda trippelte hin und her. Es erinnerte ihn an das Gebaren einer seiner Lehrer.

„Du selbst bist es, der die Veränderung bewirkt, indem du die Wahrheit im Spiegel erkennst. Wie du siehst, ist es ganz leicht."

Leicht? Sie spinnt, dachte Anjou empört und wenig schmeichelhaft. Auf dem Herzensweg zu bleiben, war alles andere als leicht gewesen. Zweifel und Angst waren durch jede Pore seiner Haut geschwitzt. Sie zu durchschauen war alles andere als leicht.

„Was schaust du so, als ob ich von Sinnen wäre? Du hast es gleich auf Anhieb geschafft, trotz deiner Angst die Wahrheit zu ergründen. Normalerweise braucht es dafür ein gutes Maß an Spiegel-Erfahrung."

Anjou, der es nicht gewohnt war, gelobt zu werden, wurde hochrot. Er räusperte sich.

„Kannte meine Mutter diesen Weg?", fragte er mit belegter Stimme.

„Deine Mutter war zum Ende des Zwielichts sogar die Einzige, die ihn überhaupt noch gehen konnte."

Anjou nickte. Das hatte er sich schon gedacht.

„Aber was hat es mit dieser Gegend auf sich? Warum haben sich die Felsen erst nach der zweiten Spiegelung gewandelt, nach der ersten aber nicht? Und warum stehen alle noch wie angewurzelt da?"

„Tss, tss, Hinterfragen scheint dir zur zweiten Natur zu werden. Gut, gut. Ganz die Mutter, würde ich sagen", bemerkte Ronda anerkennend. Anjou blickte zu Boden, aber seine Mundwinkel streifte ein Lächeln.

„Ich sagte es bereits: Wir befinden uns im Herrschaftsbereich des Schwarzen Ritters und sein Einfluss reicht weiter, als du es dir vielleicht vorstellen kannst." Ronda schüttelte sich, als müsste sie einen Schauder verjagen, der sich in ihr Federkleid gesetzt hatte.

„Alles, was ihn interessiert, ist Kontrolle und Macht. Das gibt ihm Kraft und Stärke. Alles, was dem entgegensteht, wird unterdrückt. Aus diesem Grund sind die ‚Kartoffelgesichter', wie du sie nennst, versteinert. Der Schwarze Ritter ist nicht zimperlich, mit keinem, auch nicht mit dem Erdvolk." Ronda schlug mit den Flügeln.

„Erdvolk? Die Knollengesichter haben den Schwarzen Ritter bedroht?" Anjou schüttelte ungläubig den Kopf. „Sie sehen zwar ein wenig seltsam aus, aber bedrohlich wirken sie auf mich nicht. Im Gegenteil."

„Oh, es geht auch weniger darum, wie sie aussehen, als vielmehr darum, wie sie sich verhalten würden, wenn sie nicht zu Fels erstarrt und verdammt wären, auf der Stelle zu treten."

Anjou kam das wohlig warme Gefühl in den Sinn, das

er am Felsen verspürt hatte. Diese Wärme hatte gut getan.

„Du meinst …?"

„Genügsam und freiheitsliebend." Ronda flügelte vor sich hin, als wollte sie letztere Eigenschaft bildhaft darstellen.

„Sie sind so freiheitsliebend, dass sie einen Regenten nicht akzeptieren. Sie handeln gemeinschaftlich, nicht hierarchisch und schon gar nicht auf Befehl. Deshalb macht der Schwarze Ritter gern Handeln und Bewegung unmöglich."

Gerade klappte eine Knolle die Augen auf und zu. Anjou kicherte.

„Na, das ändert sich ja gerade."

Er war beeindruckt von der Kraft, die von so viel stehender Unförmigkeit ausging. „Sie treten bloß noch ein bisschen auf der Stelle."

„Das stimmt, aber auf Dauer ist dieses Auf-der-Stelle-Treten für niemanden sehr angenehm. Es verbraucht viel Kraft und führt zu Krampfadern. Aber du hast recht: Der Anfang ist gemacht. Und wo ein Anfang ist, ist auch ein Weg. Deine Tränen haben ihn geebnet. Sie haben die Wandlung bewirkt."

„Meine Tränen?" Anjous Stimme rutschte in eunuchische Höhen. Seit er dem Babyalter entwachsen war empfand er Weinen als eine unangenehme Peinlichkeit.

Zu Hause hatte ihm dieses unkontrollierbare Nass nur eines eingebracht: Den Spitznamen „Manjou", eine Mischung aus „Memme" und „Anjou". Und ausgerechnet diese Flüssigkeit sollte geholfen haben, ein versteinertes

Volk zum Leben zu erwecken?

„Oje, du bist wirklich arm dran. Arm dran an Wissen. Was hast du bloß all die Jahre in der Schule gelernt?" Ronda rollte mit den Augen und sah dabei der kleinen Knolle links von Anjou nicht unähnlich. Sie schüttelte den Kopf als wollte sie dieser Form der menschlichen Dummheit ein für alle Mal eine Absage erteilen und erklärte: „Tränen sind etwas ganz Besonderes. Sie entspringen der Tiefe, dem Urgrund des Menschseins. Im Schmelztiegel der Gefühle werden sie von der Seele geboren. Das macht sie sehr kostbar. Alles, was sie berühren, verändert sich deshalb sofort. Du hast es selbst erlebt. Mit Tränen kannst du buchstäblich Steine erweichen. Sie bringen Welten zum Einsturz und überbrücken Abgründe. Nichts bringt mehr Klarheit als Tränen. Ihr großes Geheimnis ist die Transformation. Oder anders ausgedrückt: Sie sind der Schlüssel zum Heil. Wer nicht weint, versteinert und wer versteinert, ist tot, selbst dann, wenn er lebt."

Anjous Verstand ratterte.

„Aber warum treten die Knollengesichter dann immer noch auf der Stelle?"

„Das liegt daran, dass noch nicht alles im Fluss ist. Wie ich schon sagte, der Einfluss des Schwarzen Ritters reicht weit."

„Heißt das im Klartext, ich muss mich erst in eine Dauer-Heulsuse verwandeln, damit hier alle wieder klarkommen?", fragte Anjou schnoddriger, als ihm tatsächlich zumute war.

„Oh nein, ganz so einfach ist es nicht", erwiderte Ronda,

ohne mit der nicht vorhandenen Wimper zu zucken. „Du musst erst zur Burg der Spiegel des Schwarzen Ritters gelangen und seine Macht brechen."

Mit einem Mal dämmerte Anjou, was Ronda damit meinte. Er sollte gegen eine Macht antreten, gegen die ein ganzes Volk nichts hatte ausrichten können. Fast wäre Anjous Herz in seine Hose gepoltert, so schwer fühlte es sich mit einem Mal an. Heilkraft hin oder her. Tränen mochten vielleicht Steine erweichen, aber eine Ritterburg würde bestimmt nicht einstürzen, nur weil er auf die Tränendrüse drückte. Und der Schwarze Ritter würde wohl kaum in die Knie gehen, wenn er sich weinend vor ihm auf dem Boden wälzte. Bei diesen Gedanken blickte er verlegen in die offenen Gesichter um sich herum. Er hatte das Gefühl, dass Ronda und dieses Volk größere Erwartungen hegten, als er erfüllen konnte. Seine Mutter zu befreien war schon mehr, als er sich momentan vorstellen konnte. Andererseits hatte er mit Ronda die beste Führerin bezüglich seines Weges durch Fremdland, die er sich wünschen konnte.

„Wie finde ich die Burg der Spiegel?", wandte er sich ergeben an Ronda.

„Gar nicht. Die Burg der Spiegel findet dich."

Eine alte Geschichte

„Wie soll das denn gehen?" Anjou hatte das Gefühl, seine Vorstellungskraft hätte sich eine neue Heimat gesucht. Seit wann kam der Knochen zum Hund?

„Die Burg der Spiegel findet dich, indem du einfach immer weiter ins Fremdland vordringst, ohne dabei ständig nach ihr Ausschau zu halten. Sie wird von selbst auftauchen, wenn du für sie bereit bist."

„Bereit?"

„Die Zeitqualität muss stimmen."

„Zeitqualität?", echote Anjou verständnislos.

Ronda plusterte sich auf und wirkte auf einmal fast doppelt so groß.

„Also wirklich", entrüstete sie sich. „Weißt du denn nicht, dass das Gelingen einer Unternehmung mit der Zeitqualität zu tun hat?"

„Nein", antwortete Anjou schlicht, während ihn gleichzeitig die Ahnung beschlich, dass er für sein Alter ziemlich wenig wusste.

„Also", setzte Ronda an, „Zeitqualität meint, dass du zum richtigen Zeitpunkt auf die Burg der Spiegel treffen musst."

„Und wann ist der?"

„Wenn zwei Faktoren übereinstimmen."

„Die da sind?" Ronda konnte manchmal aber auch eine echte Herausforderung sein, wenn sie durch ihre Einzeiler die Spannung in unermessliche Höhen trieb.

„Natürlich der innere und der äußere Faktor."

„Ach so, na klar ... ????" Anjou kam sich vor wie ein Erstklässler, der eins und eins nicht zusammenzählen konnte.

„Der innere Faktor bildet eine Art Wall, den du überwinden musst, um die Burg zu erreichen."

„Ein Wall im Innern?", fragte Anjou, dem der Wall im Stillen Wald in den Sinn kam. Er hatte ihn nur mit Mühe überwunden.

„Ganz recht. In diesem Fall ist es der Angstwall. Ängste treiben so lange ihr Unwesen, bis du dich ihrer annimmst. Nur dann bringen sie dich auch weiter. Andernfalls blockieren sie deinen Lebensfluss und machen dich krank", antwortete Ronda.

„Und was ist mit dem anderen Faktor, dem äußeren?", fragte Anjou, um der ganzen Sache eine andere Richtung zu geben und seine Unbehaglichkeit zu überspielen.

„Der äußere Faktor wird durch dein Alter bestimmt."

Anjou wusste nicht, mit was er gerechnet hatte, aber ganz sicher nicht damit.

„Mein Alter? Was hat das denn damit zu tun?"

Ronda schüttelte den Kopf, als wollte sie nicht glauben, dass Anjou mit seinen vierzehn Jahren wirklich so wenig vom Leben wusste.

„Es gibt bestimmte Gesetzmäßigkeiten, Rhythmen, die

das Leben bestimmen und ihm Substanz und Struktur verleihen, weil sie zu regelmäßigem Wachstum auffordern. Einer dieser Rhythmen folgt einem Zeitraum von sieben Jahren, zumindest bei euch Menschen. Deshalb ist es auch kein Zufall, dass du mit vierzehn hier gelandet bist. Fremdland ist eine Aufforderung, erwachsen zu werden. Und erwachsen werden heißt nichts anderes, als in der Wahrheit des Lebens zu erwachen." Ronda unterbrach ihren Redefluss abrupt. Sie schien an Anjous Gesichtsausdruck abzulesen, dass sein Verstand eine kleine Verschnaufpause brauchte. Sie schwieg und trippelte ein paar Mal vor ihm hin und her.

„Das ist aber noch nicht alles, oder?", hakte Anjou bei ihrer nächsten Wende ein.

„Richtig. Für dich gibt es noch einen weiteren Faktor."

„Und der wäre?"

„Du kannst deine Mutter nur an einem bestimmten Tag befreien: Am Birdisday, jenem Tag, an dem dein Volk dem Schwarzen Ritter Jahr für Jahr huldigt. Oder anders ausgedrückt – an deinem kommenden Geburtstag."

„Aber der ist erst wieder in einem Jahr!", entfuhr es Anjou lautstark. Die Vorstellung, dass er noch ein Jahr warten sollte, bis er seine Mutter wiedersah, fühlte sich so großartig an, wie eine gebrauchte Unterhose.

„Oh, keine Sorge. Langweilig wird es nicht werden", erwiderte Ronda und stakste so nahe an Anjou heran, dass er direkt auf sie hinunterschauen konnte.

„Doch bevor du dich auf den Weg machst, musst du noch etwas wissen." Ronda wippte bedeutungsvoll mit dem Schwanz.

„Noch mehr? Wieso?" Anjou hatte das Gefühl, bereits mehr über das Leben erfahren zu haben, als die ganzen vergangenen vierzehn Jahre zusammen.

„Weil dieses Wissen Macht bedeutet. Macht, die dir von großem Nutzen sein kann, weil sie dir hilft, weise zu werden und jeden Wall zu überwinden."

„Aha", erwiderte Anjou zurückhaltend. Ronda schien den zögernden Unterton, der in seiner Antwort lag, nicht wahrzunehmen.

„Dazu muss ich etwas ausholen, es ist eine alte Geschichte." Sie breitete ihre Flügel aus wie einen Schirm. Anjou stutzte. Eine alte Geschichte? So wie Ronda sich aufführt, dachte er, ist das eine Geschichte ohne „und wenn sie nicht gestorben sind ..." und merkte, wie seine Hände feucht wurden.

Ronda drehte den Kopf zur Seite und legte den Kopf schief, sodass er direkt in eines ihrer runden Augen blicken konnte. Eine dunkle Perle. Geheimnisvoll. Tief. Tief und schwarz wie der Brunnen, in den ich gesprungen bin, dachte Anjou.

Wie damals in der Küche, als er Ronda zum ersten Mal gesehen hatte, regte sich in Anjou ein vertrautes Gefühl. Ihr Blick rührte etwas in ihm an, das er nicht greifen konnte. Er ging in die Hocke, sah genauer hin. Ronda rührte sich nicht. Das Auge, das sie Anjou entgegenhielt, schimmerte dunkel. Anjou konnte sich sehen. Zumindest teilweise. Wie aus weiter Ferne hörte er Rondas Stimme: „Du musst erfahren, wo die Wurzeln deiner Zukunft liegen. Folge mir deshalb ein Stück weit in die Vergangenheit."

Anjou, der wie gebannt in Rondas Auge blickte, tauchte ein als wäre es ein Spiegel. Umfangen von samtener Schwärze sank er tiefer und tiefer, bis er sich in einem Raum wiederfand, der seinem eigenen Zimmer zu Hause ähnelte. Mit einem Unterschied: Der Raum strahlte eine besondere Würde aus – heilig und erhaben.

Anjou schaute sich um. Im späten Licht der untergehenden Sonne wirkten die hellen Holzdielen, als stünden sie in güldenen Flammen. Die Wände schimmerten weiß und wirkten gänzlich unberührt.

In der Mitte des Raumes stand ein Kinderbett. Ebenfalls aus hellem Holz, hatte es fein gedrechselte Gitterstäbe, die eng beieinanderstanden, als wollten sie das kleine Mädchen, das darin lag, schützen. Das Kind hatte dunkle Haare. Sie bildeten einen herben Kontrast zu dem hellen Holz und umrahmten das schmale Gesicht wie einen feinen Flor. Gerade strich eine Frau mittleren Alters dem ruhigen Kinde über die Stirn.

Die zärtliche Geste erinnerte Anjou an seine Mutter. Sie hatte ihn kurz vor dem Einschlafen oft auf ähnliche Weise gestreichelt.

Anjou zuckte erschrocken zusammen, als plötzlich ein lautes Schluchzen durch den schlichten Raum rollte, dessen makellose Wände es teilnahmslos auf die gebeugte Frau zurückwarfen.

Er hatte noch nie eine Tote gesehen, dennoch wusste er, dass das kleine Mädchen soeben verstorben war. Auf ihrem Antlitz lag ein stilles Lächeln. Die Frau klammerte sich an das Holzbett und rührte sich eine Weile nicht. Dann schien sie sich einen Ruck zu geben. Mit steifen Bewegungen ging sie zur Tür und verschwand im Nebenraum. Anjou wartete gespannt. Kurz darauf kehrte die Frau mit einem kunstvoll verzierten Spiegel in der einen und einem alten dreibeinigen Schemel in der anderen Hand an das Totenbettchen zurück. Sie setzte sich auf den Schemel, direkt an das Fußende des Mädchens. Den Spiegel legte sie in ihren Schoß. Jetzt erst bemerkte Anjou, dass die Kleine ebenfalls einen kleinen Spiegel zwischen ihren Händen hielt. In den kleinen Händchen wirkte es, als hielte sie einen Blumenstrauß, jederzeit bereit, ihn weiterzugeben. Der Rahmen des Spiegels war ebenfalls kunstvoll verziert. Vögel, die ihre Flügel ausgebreitet hatten, berührten sich gegenseitig mit ihren Schwingen.

Der Spiegel der Frau wies ähnliche Muster auf. Nur waren die Schwingen der Vögel bei ihrem Spiegel geschlossen und der Rahmen selbst war an einigen Stellen um einige Nuancen dunkler, als der, den das Kind hielt. Ob es die Tränen waren oder die Zeit eines fortgeschrittenen Lebens, die ihre Spuren auf dem Holz hinterlassen hatten, vermochte Anjou nicht zu sagen. Die Frau hob den Kopf und für einen Moment schaute Anjou in ihre Augen, die so blau waren, wie die seiner Mutter und in deren Blick anstelle von Trauer stumme Entschlossenheit lag. Jetzt nahm die Frau den Spiegel in beide Hände und schaute hinein. Sie musste dieses wundersame Instrument regelmäßig benutzen, denn seine Oberfläche war so klar wie ein sonniger Herbsttag. Langsam fing die Frau an, ihren Oberkörper vor und zurück zu wiegen. Ein seltsamer Singsang quoll dabei aus ihrem Mund. Hing im Raum. Fasziniert beobachtete Anjou, wie sich die Oberfläche des Spiegels mit einem Mal zu kräuseln begann. Als hätte ein Stein die glatte Fläche eines Sees in Aufruhr versetzt. Der Spiegel schlug Wellen und das Antlitz der Frau ging darin unter. Zurück blieb lediglich ein kleiner heller Fleck, der auf und nieder tanzte. Je kräftiger die Frau vor und zurück schwang, desto voluminöser wurde der Klang ihrer Stimme, bis er schließlich jeden Winkel des Totenraums erfüllte. Die Wellen schlugen höher. Die Fingerknöchel der Frau traten weiß hervor. Sie schien den Spiegel nur noch mit Mühe halten zu können.

Anjou traute seinen Augen kaum, als er sah, dass die Oberfläche des Spiegels des kleinen Mädchens mit einem Mal ebenfalls Wellen zu schlagen begann. Schneller und schneller bewegte sich die glatte Oberfläche. Anjou hielt den Atem an. Obwohl voneinander getrennt, wirkten die beiden Spiegel wie eine Einheit. Die Wellen liefen synchron. Anjou hatte keinen Schimmer, was hier vor sich ging, ahnte aber, dass er Zeuge von etwas Ungeheuerlichem wurde.

Da schlug das tote Mädchen plötzlich die Augen auf. Das stille Lächeln wich einem maskenhaften Ausdruck.

Dann verblasste die Szene vor den Augen Anjous und er sah wieder das dunkle Auge von Ronda. Schnell kam er aus der Hocke zum Stehen. Dann trat er einen Schritt zurück. Sein Magen rebellierte. Sein Herz schlug ihm bis zum Hals. Was war das denn gewesen?

Konnte das wahr sein? Sollte es tatsächlich möglich sein, mit Hilfe des Spiegels Tote zum Leben zu erwecken? Anjou blickte stumm auf Ronda. So sanft, wie eine krächzende Stimme eben sein kann, bestätigte sie das Geschaute.

„Du hast richtig gesehen. Diese Frau hat ihr Kind mit Hilfe des Spiegels zurück in die Welt der Lebenden geholt."

Anjou klappte die Kinnlade herunter wie einer Marionette, der alle Fäden auf einmal rissen. Wenn das möglich war, dann war jeder Spiegelbesitzer mächtiger als der Tod. Hatte Ronda etwa diese Macht gemeint, als sie davon sprach, dass sie ihn weiter brächte und Wälle überwinden half? Seine Finger glitten zittrig zu seiner Hosentasche. Dieses kleine unscheinbare Ding konnte offenbar noch sehr viel mehr als Türen öffnen und Bilder erzeugen. Anjou schluckte. Das war gruselig – und genial! Geradezu praktisch. Wenn dieser Schurke von Schwarzem Ritter seiner Mutter etwas antat, bevor er die Burg erreichte, konnte er seine Mutter trotzdem noch retten. Mit einem Mal bekam diese Spiegelgeschichte einen machtvollen Beigeschmack. Den Ronda jedoch kräftig zu versalzen begann.

„Ich möchte dir dringend davon abraten", riss sie Anjou ziemlich rüde aus seinen abwegigen Gedanken.

„Warum? Was ist daran so schlimm?"

„Schlimm? Nun ja – kommt darauf an."

„Ist es verboten?"

„Nein, das ist es nicht."

„Was ist es dann?"

„In der Regel ist es vor allem dumm. In diesem Fall aber zudem auch noch äußerst kurzsichtig."

„Was meinst du mit ‚kurzsichtig'?", fragte Anjou erstaunt, der sich nicht vorstellen konnte, was daran kurzsichtig sein sollte, wenn eine Mutter ihr Kind dem Tod entriss.

„Gegebene Notwendigkeiten außer Acht zu lassen, nur weil man die Macht dazu besitzt, hat weitreichende Folgen."

„Notwendigkeiten? Folgen?" Er konnte sich immer noch keinen richtigen Reim auf die ganze Geschichte machen. Rondas Stimme senkte sich so tief wie der Rumpf eines untergehenden Schiffes.

„Der Wahrheit ins Auge zu blicken, ist nicht immer leicht. Der Spiegel zeigt dir selten ausgetretene Pfade, sondern jene, die dich weiterbringen. Wachstum braucht unbekanntes Terrain. Dieses Terrain will gründlich beackert werden, damit es die reife Frucht auch trägt." Ronda machte eine Pause, in die Anjou so schwer hinein atmete, als hätte er bereits zu graben begonnen.

„Und der Tod bietet einen guten Nährboden für Wachstum."

„Wie bitte?" Was redete Ronda da?

„Wer den Rhythmus des Lebens annimmt, verbindet sich auf einzigartige Weise mit seinem Schicksal und findet dadurch seine wahre Bestimmung. Die Frau, die das Kind zurückgeholt hat, war kurz davor, sich in die größte

Heilerin aller Zeiten zu verwandeln. Es brauchte nur noch einen einzigen Schritt."

„Was?", platzte Anjou dazwischen und fingerte nervös an seiner Hose.

„Hingabe", antwortete Ronda schlicht.

„Hingabe? Was denn für eine Hingabe? An den Tod?"

„Nein, an das Leben. Werden und Vergehen sind wie Ebbe und Flut. Ein nie endender Wechsel. Wer ihm hingebungsvoll dient und mit den Gezeiten lebt, statt gegen sie, findet in allem tiefen Sinn."

Ronda schwieg und blickte an Anjou vorbei, als gäbe es dort etwas zu sehen, das Anjou noch verborgen war.

„Willst du damit sagen, die Frau hätte besser daran getan, die Kleine nicht wieder zurückzuholen, obwohl sie alle Macht dazu hatte?", fragte Anjou ungläubig.

„Macht zu haben und Macht zu nutzen sind zwei ganz verschiedene Paar Schuhe. Es ist sehr wichtig, zu erkennen, wann das eine Paar getragen werden kann und wann nicht. Wer hoch hinaus will, muss dem Tod gelassen begegnen. Sie wusste es. Sie war schon sehr weit gegangen." Ronda seufzte.

„Du meinst, die Frau wusste, dass die Kleine sterben würde?", fragte Anjou überrascht.

„Natürlich wusste sie es. Sie hatte die Große Vision, als ihre Tochter erkrankte. Sie war vertraut mit der irdischen Vergänglichkeit. Erneuerung braucht Abschied. Sie wusste das. Genau wie das Kind. Doch während die eine bereit war, loszulassen, war es die andere nicht. Und willst du wissen warum?"

Anjou nickte.

„Schmerz. Sie hatte Angst vor dem Schmerz, der in jedem Abschied liegt."

Das Schluchzen der Frau kam Anjou in den Sinn.

„Was hätte sie denn stattdessen tun sollen? Bewusst leiden?"

„Ja, das wäre sinnvoller gewesen."

„Was kann am Leiden sinnvoll sein?" Anjou war empört. Das konnte Ronda nicht wirklich ernst meinen.

„Weißt du, was ein Diamant ist?"

Anjou nickte. Er selbst hatte zwar noch keinen in der Hand gehabt, aber er erinnerte sich, dass sein Vater ihm erzählt hatte, wie überaus selten und kostbar diese Steine waren.

„Ein kostbarer Stein", erwiderte Anjou prompt. Worauf wollte Ronda hinaus?

„Weißt du, wie sie zu dieser Kostbarkeit werden?"

Anjou schüttelte den Kopf. Nein, das wusste er nicht. Er hatte sich auch nie Gedanken darüber gemacht, denn sein Vater verdiente wahrscheinlich nicht einmal genug, um so einen Stein in der Größe eines Staubkorns zu erwerben.

„Das Kostbarste an einem Diamanten ist seine Entstehung. Seine Brillanz und Klarheit beruht nämlich nicht auf sanftem Streicheln, sondern auf dem Zusammenspiel von extremem Druck und sorgfältigem Schliff."

„Aha", sagte Anjou lahm. Noch weigerte er sich, die Tragweite von Rondas Worten ganz in sich aufzunehmen, doch er hatte die Rechnung ohne seine schwarze Freundin gemacht.

„Genau wie im Leben. Wahre Schönheit entsteht, wenn jemand durch tiefe, oft schmerzhafte Prozesse gegangen ist. Der Erleuchtung ist es nämlich nicht egal, wie du sie erlangst. Wäre die Frau durch den Schmerz gegangen, statt ihn zu meiden, wäre nicht nur sie eine andere geworden, sondern auch deine Welt." Ronda seufzte erneut. Anjou horchte auf.

„Meine Welt?"

„Oh ja. Ich sagte ja bereits: weitreichende Konsequenzen. Nach dem unseligen Ereignis wachte die Mutter über das Kind wie eine Glucke." Ronda flatterte einmal kurz hoch und ließ sich wie ein Stein zu Boden plumpsen, als wollte sie demonstrieren, was das bedeutete.

„Und dann?" Anjous Stimme quietschte leicht.

„Das Mädchen wuchs heran, aber die Tat wirkte nach, zog Kreise."

„Wie?"

„Nun ja, du musst wissen, dass alle Spiegel auf die eine oder andere Weise miteinander verbunden sind. Passiert etwas Außergewöhnliches, haben alle Spiegelbesitzer etwas davon."

„Wieso denn ALLE?"

„Na ja – die Frau hatte durch diesen mächtigen Eingriff in das Schicksal nicht nur ihren Weg und den ihrer Tochter umgelenkt, sondern auch eine besondere Form der Angst in die Welt geholt: Die Angst vor Verlust. Dadurch änderte sich einiges, für die Frau und für die Menschen." Wieder seufzte Ronda. Anjous Magen kollerte. Wie oft hatte er schon Angst um Ronda gehabt. Angst, sie zu verlieren. Angst vor dem Schmerz. Empfand er vielleicht nur so, weil diese Frau ihre Macht einseitig genutzt hatte? Reichten die Konsequenzen wirklich so weit? Anjou legte seine Stirn in Falten.

„Aber warum hat denn niemand den Spiegel genutzt, um diese Angst zu durchschauen?", fragte Anjou.

„Gute Frage." Ronda wippte einmal mehr mit der Schwanzfeder. Anjou wartete gespannt.

„Der eigenmächtige Eingriff zeigte, wie viel Macht ein Mensch erlangen konnte, wenn er sich durch den Spiegel immer weiter entwickelte. Zu der Verlustangst gesellte sich die Angst vor dieser Macht. Das war der Anfang vom Ende. Die Menschen dachten, das Spiegeln wäre zu gefährlich, um es weiter regelmäßig auszuüben und begannen sich mehr und mehr vor dem, was der Spiegel für sie bereithielt, zu fürchten. Statt ihn zu nutzen, um sich von ihrer Angst zu befreien, mieden sie ihn."

„Alle?"

Hätte Ronda ihren Schnabel zu einem Lächeln verziehen können, sie hätte es sicher in diesem Moment getan.

„Alle – bis auf eine."

Anjou fuhr sich ahnungsvoll durch die blonden Haare.

„Ja, genau. Deine Mutter. Sie war die Einzige, die sich weiterhin spiegelte und sich all ihren Ängsten mutig stellte. Dadurch hat sie ihren Lebensweg nie aus den Augen verloren, noch hat sie mit ihrem Schicksal gehadert."

Anjou zog die Stirn in Falten. Irgendetwas stimmte noch nicht. Die Geschichte schien noch nicht vollständig. Weshalb nur war ihm die Kammer des kleinen Mädchens so bekannt vorgekommen? Anjou gab sich einen Ruck.

„Was muss ich noch wissen?", fragte er gerade heraus. „Du sagtest, ich müsste noch etwas wissen, bevor wir weiter ins Fremdland vordringen können."

„Die Frau, die du in der Kammer gesehen hast, war die ältere Schwester deiner Mutter. Deine Tante."

Anjous Eingeweide zogen sich zusammen. Er hatte es geahnt. Kein glückliches Ende. Er starrte stumm auf Rondas Schnabel, als könnte er nur durch ihn getröstet werden.

„Das Kind, deine Cousine, verschwand als junges Mädchen spurlos, was deine Tante nur schwer verwand. Ein paar Jahre nach dem Verschwinden gebar sie aber noch ein weiteres Kind. Einen Sohn. Doch das Glück währte nicht lange, denn der Junge war anders als andere Kinder. Von Geburt an."

Kommt mir irgendwie bekannt vor, schoss es Anjou durch den Kopf und dachte dabei an sich. Schon sein Aussehen hatte ihn zum Außenseiter gemacht, von seiner Empfindsamkeit ganz zu schweigen.

„Er konnte die Kunst des Spiegelns nicht erlernen, denn seine Augen waren trübe. Die Welt blieb für ihn verschwommen. Nicht einmal die fortgeschrittene Heilkunst deiner Tante konnte dagegen etwas ausrichten." Ronda seufzte. Anjou schluckte. Obwohl er seinen Cousin nie kennengelernt hatte, tat er ihm leid.

„Was geschah mit ihm?", fragte er leise.

„Die Menschen sahen in ihm ein böses Omen. Sie mieden ihn, wo sie nur konnten. Keiner wollte sich länger in seiner Nähe aufhalten als nötig."

„Klingt überhaupt nicht gut", murmelte Anjou mit gesenktem Kopf.

„Nun ja, meist muss es erst schlimmer kommen, damit es besser werden kann ...", Ronda zögerte, schien ihre Worte genau abzuwägen. „Deine Tante grämte sich, weil ihre Heilkunst bei ihrem Sohn versagte. Schuldgefühle gesellten sich zu Angst. Eine unheilvolle Mischung. Natürlich wurde sie krank. Düsterkrankheit. Sie wusste, dass sie daran sterben würde. Und sie wusste auch, dass ihr Sohn ohne sie nicht mehr sicher war. Das von Angst verblendete Volk würde über ihn herfallen, wie über ein Ungeziefer, das ausgerottet gilt."

Anjou räusperte sich. Seine Zunge klebte am Gaumen. Das Sprechen fiel ihm schwer.

„Er hat überlebt. Hier, in Fremdland, oder?"

Ronda legte den Kopf schief.

„Oh ja, das hat er", antwortete sie leise und wippte mit dem Schwanz.

Anjou blickte weit über den Horizont in die Ferne. Langsam dämmerte es ihm. Die Frau, seine Tante – das Mädchen, seine Cousine – der Junge, sein Cousin.

Als würde er neben sich stehen, hörte er sich sagen: „Er ist der Schwarze Ritter, nicht wahr?" Es klang wie eine Feststellung, nicht wie eine Frage.

„Ja." Ronda seufzte erneut. „Und er hat uns etwas voraus, das wir nicht haben."

„Und das wäre?"

„Dies ist Fremdland, sein Reich."

„In dem du dich bestens auskennst."
„Das ist auch nicht das Problem."
„Was dann?"
„Er hat alle Zeit der Welt."
„Na und?"
„Wir nicht."
Anjou schüttelte verständnislos den Kopf. Hatte Ronda nicht gesagt, dass er bis zu seinem nächsten Geburtstag hierbleiben musste, um sein Ziel zu erreichen?

„Was ist daran so schlimm? Bis zu meinem nächsten Geburtstag ist es noch fast ein ganzes Jahr. Das reicht doch locker."

„Leider nicht. In Fremdland ist Zeit nämlich relativ."

Mondsee

Anjou sah eine Frau. Sie saß auf einem Thron, der mit dunkelblauem Samt ausgekleidet war. In der einen Hand hielt sie ein menschliches Herz, in der anderen Hand einen Spiegel. Zu ihren Füßen schlief ein Ungetüm, halb Saurier, halb Vogel. Seine Flügel waren aber nicht aus Federn, sondern hatten pergamentartige Haut.

Plötzlich drehte die Frau den Spiegel um. Anjou erblickte sich selbst und – erwachte in der Dunkelheit. Die Landschaft um ihn herum war im Dunkel der Nacht fast gänzlich verschwunden. Neben ihm krächzte Ronda laut und flatterte wild auf und nieder. Plötzlich schoss sie unter seinen Arm und duckte sich so flach sie konnte zu Boden. Anjou rieb sich die Augen. Er musste vor Erschöpfung eingeschlafen sein.

„Was ist denn los?", fragte Anjou verwirrt.

„Schschh", krächzte Ronda leise. Anjou spürte, wie sie zitterte. Dieses Gebaren von Ronda war mehr als ungewöhnlich. Er strich ihr über die Federn. Die Frau in seinem Traum hing ihm noch nach und die Dunkelheit irritierte ihn. Das Licht von vereinzelten Sternen war so schwach, dass es den Boden kaum erreichte.

Hier stimmte etwas nicht. Oder besser gesagt, am

Himmel stimmte etwas nicht. Wo war der Mond?

Bei einer klaren Nacht wie dieser, hätte Anjou das runde Himmelsgestirn leicht ausmachen müssen. Erneut drang Gekrächze an sein Ohr. Von Ronda kam es diesmal nicht. Anjou blickte in den nachtschwarzen Himmel. Das Krächzen war jetzt direkt über ihm. Es mussten Hunderte von Vögeln sein, die über ihrer beider Köpfe hinwegrauschten.

Ronda schien nicht einmal mehr zu atmen, so still war sie geworden. Erst als das Krächzen in der Ferne verstummte, wagte sie sich wieder unter Anjou hervor.

„Ich hätte nicht gedacht, dass das so schnell passieren würde." Ronda schüttelte und plusterte sich auf.

„Waren das nicht Krähen?", fragte Anjou verblüfft. Er verstand nicht, weshalb Ronda auf ihre Artgenossen so ängstlich reagierte.

„Gut beobachtet", antwortete Ronda schlicht.

„Was wollten die hier?"

„Sie suchen nach uns. – Oder besser gesagt nach mir."

„Nach dir? Wieso denn?", fragte Anjou leicht beunruhigt.

„Weil ich eine wissende Abtrünnige bin." Ronda seufzte. „Ich habe etwas getan, das unter uns Krähen als unverzeihlich gilt: Ich bin zu den Menschen zurückgekehrt."

„Na und?"

„Nun ja, das ist eine längere Geschichte, aber wie du ja weißt, mögen uns die Menschen nicht besonders. Wir wirken zu bedrohlich."

„Bedrohlich? Was ist an einer Krähe bedrohlich?"

„Zum einen sind wir schwarz, zum anderen sind wir Vögel."

„Aber was ist daran denn so schlimm?" Anjou verstand nicht, worauf Ronda hinauswollte.

„Es hat mal wieder mit Angst zu tun. Schwarz ist eine Farbe, die an unbewusste Ängste rührt, weil sie unergründlich wirkt – und außerdem: Krähen können fliegen."

„Nicht alle", konnte Anjou sich nicht verkneifen zu sagen. Ronda schien die Anspielung zu überhören.

„Wir rühren dadurch an ein altes Gefühl. Ein Gefühl, das auch in jedem Spiegel beheimatet ist: Ein Gefühl von Freiheit."

Vor Anjous innerem Auge tauchten all die vielen Käfige auf, in denen alljährlich Hunderte von Vögeln am Birdisday zum Markt geschleppt wurden, um dann dort ihr Leben zu verlieren. Mit einem Mal wurde ihm klar, welch bittere Ironie sich hinter diesem grausamen Ritual verbarg: Die Menschen fürchteten die Freiheit nicht nur, sie opferten sie Jahr für Jahr erneut, indem sie jene töteten, die sie verkörperten. Als Krönung dieses scheußlichen Aktes feierten sie ihren eigenen Freiheitsentzug sogar noch als Gedenktag der Befreiung! Anjou war entsetzt. Gleichzeitig wuchs in ihm aber auch ein tieferes Verständnis. Angst und Unbewusstheit brachten einem Menschen nichts Gutes. Im Gegenteil: Beides machte ihn beeinflussbar und unterwürfig.

„Weißt du, Anjou, wir Krähen lebten einst eng mit den Menschen zusammen." Rondas Stimme riss Anjou aus seinen Überlegungen.

„Was meinst du mit ‚eng‘?"

„Wir dienten euch als Boten zwischen den Welten – der Menschenwelt und anderen."

„Anderen?"

„Ja, anderen. Zum Beispiel dem Erdvolk."

„Die Menschen kannten die Kartoffelknollengesichter?", fragte Anjou verblüfft. In der Schule war nie die Rede von solchen „Anderen" gewesen.

„Oh ja. Als die Menschen noch tief in den Spiegel blickten, waren die Welten noch im Einklang."

Anjou zog nachdenklich die Augenbrauen zusammen.

„Und das alles änderte sich nur dadurch, weil die Menschen Angst vor ihren Spiegeln bekamen und ihren Botschaften misstrauten?"

„Was heißt hier ‚nur‘?" Ronda flatterte aus dem Stand einen halben Meter vom Boden auf. „Wer den Spiegel weise nutzt, braucht nichts im Leben zu fürchten, denn er wird wissen, dass das Leben immer nur das Beste für ihn bereithält. Er kann in jeder Herausforderung eine Chance sehen und sie mit Hilfe des Spiegels zum eigenen Wachstum nutzen. Da bleibt kein Raum für Angst." Ronda seufzte. „Aber als die Menschen aufhörten, in ihre Spiegel zu blicken, vergaßen sie nach und nach, was wirklich im Leben zählt."

Rondas Krächzen klang mit einem Mal sehr, sehr traurig. „Vergessen ist ein bisschen wie träumen, weißt du: Du glaubst, du bist wach, dabei schläfst du tief und fest. Das wahre Leben findet ohne dich statt und du merkst es kaum. Es kommt nicht von ungefähr, dass die Düsterkrankheit so viele Menschen ereilt. Zu viel Angst, zu wenig Gefühl, noch weniger freies Leben. Kein Wunder, dass viele schon zu Lebzeiten wie lebende Tote herumlaufen." Ronda seufzte und scharrte kurz mit ihrer Kralle. „Unser Volk rührte ständig an eurer Sehnsucht nach Freiheit und Selbstbestimmung. Ohne Spiegel ein unlösbares Problem." Ronda seufzte erneut. „Irgendwann wurden wir Krähen für euch Menschen unerträglich."

Anjou dachte an die Neue. Hatte sie sich deshalb so abweisend gegen Ronda verhalten? Weil die schwarze Krähe an etwas Altes rührte?

Anjou war sich nicht sicher, ob er wirklich alles verstand, was Ronda ihm erzählte, aber so viel war klar: Sich nicht zu spiegeln, war nicht nur ausgesprochen dumm, sondern schadete und machte krank. Sich selbst und offensichtlich ganze Völker. Unwillkürlich tastete er nach seiner Spiegelscherbe, um sich zu vergewissern, dass dieses machtvolle Instrument von Wahrheit und Wissen immer noch da war.

„Was geschah dann? Ich meine, mit deinem Volk?"

Er rieb sich mit der flachen Hand unwillkürlich über die Brust. Ihm wurde schmerzlich bewusst, wie wenig er über das, was über das Alltägliche hinausging, wusste.

„Nun, Menschen meinen, ein Problem dadurch zu lösen, indem sie es aus ihrem Blickfeld entfernen – nach dem Motto: Aus den Augen, aus dem Sinn – Problem gelöst." Ronda schlug die Flügel über ihrem Kopf zusammen, als wollte sie andeuten, dass es dümmer schon nicht mehr ging.

„Dein Volk scheuchte uns eines Tages fort. Doch wir waren schon so lange mit euch zusammen, dass viele von uns wieder zurückkehrten. Wir geben nicht so schnell auf, weißt du." Hier stockte Ronda. Keine Feder regte sich. Sie schien wie versteinert, den Knollengesichtern nicht unähnlich.

„Was haben wir euch angetan?", fragte Anjou leise.

„Die Menschen spannten Netze. In einer nebligen Nacht. Die, die sich nicht das Genick verdrehten, wurden erschlagen. Das ging so lange, bis wir für euch Menschen aufgehört haben zu existieren."

Rondas Worte wühlten sich schmerzhaft in Anjous Bewusstsein. Er sah sie bildhaft vor sich, die toten Vögel. Sinnbilder erschlagener Freiheit. Anjou schluckte hart. Wie grausam konnten Menschen nur sein, wenn sie von Angst besessen, statt von Vertrauen durchdrungen waren.

„Aber einige haben überlebt", versuchte er Ronda wieder zum Reden zu bringen.

„Zweifellos", stimmte Ronda trocken zu.

Ja, zweifellos, dachte Anjou und der Krähenschwarm kam ihm wieder in den Sinn. Unwillkürlich schaute er gen Himmel, doch da war nichts als unbewegtes Dunkel.

„Und jetzt ist dein eigenes Volk hinter dir her. Wegen mir? Warum?"

„Mit dir bin ich zu einer Bedrohung für ganz Fremdland geworden. Aus Sicht meines Volkes bin ich eine Verräterin."

„Aber aus welchem Grund?"

„Weil deine erste Spiegelschau die alte Verbindung

wieder aktiviert hat und du jetzt an meiner Seite in Fremdland bist."

„Aber ich bin durch einen Sprung in den Brunnen hierher gelangt – ich glaube kaum, dass es noch jemanden gibt, der mir das nachtun würde."

„Mag sein, aber dadurch, dass du hier bist, verändert sich diese Welt bereits. Ob zum Besten, hängt ganz von dir ab."

Anjou machte dicke Backen. Das wurde ja immer mysteriöser.

„Ich habe dir doch gesagt, dass alle Spiegel miteinander in Verbindung stehen. Es ist ganz natürlich, dass jeder Blick in den Spiegel nicht unbemerkt bleibt – hier wie dort. Und da du es ja gern genau wissen willst: Mit dir an meiner Seite habe ich aus der Sicht meines Volkes nicht nur Fremdland verraten, sondern auch jenen, unter dessen Obhut es steht – den Schwarzen Ritter."

„*Obhut?*", brauste Anjou auf und sprang auf. „Euer sogenannter ‚Ritter' hält seit Jahren meine Mutter auf dieser Burg fest. Für ihn wird jedes Jahr ein irrsinniges Blutbad angerichtet, das seinesgleichen sucht und jetzt soll er so etwas wie ein *Beschützer* sein? Das ist nicht dein Ernst!"

Anjous Wangen brannten. Wütend zog er mit dem Hacken eine Furche in den Boden.

„Schsch ...", zischte Ronda durch ihren Schnabel und klang dabei wie eine gefiederte Schlange.

„Ich bin doch auf deiner Seite. Glaubst du, ich habe mein Leben riskiert und mein Volk zum Spaß in Gefahr gebracht?" Ronda plusterte sich auf doppelte Größe auf.

Anjou kickte mit der Fußspitze einen losen Stein ins offene Gelände. So schnell, wie sein Zorn entflammt war, so schnell war er verraucht.

„Wir können hier nicht länger bleiben. Möglicherweise überfliegen meine Brüder und Schwestern dieses Gelände erneut. Da wäre es besser, wenn wir schon mal ein Stück weitergekommen wären."

Ronda klang beunruhigend ernst. Anjou hörte, wie sie sich in Bewegung setzte und stakste langsam hinterher. Während er vorsichtig einen Fuß vor den anderen setzte, bemerkte er am Horizont eine Veränderung.

„Was ist das für ein Schimmer?"

Rondas Stimme klang ein paar Meter weit weg, als sie antwortete: „Dir ist vielleicht nicht entgangen, dass kein Mond scheint."

„Allerdings", kommentierte Anjou das Offensichtliche. Er konnte kaum die Hand vor Augen sehen und musste sich mehr auf sein Gehör verlassen als auf seine Augen, um Ronda nicht im Dunkel der Nacht zu verlieren. Daran änderte auch das Schimmern in der Ferne nichts. Es war noch zu weit weg, um Weg erhellend zu wirken.

„Deshalb müssen wir zum Mondsee. Das Schimmern kommt aus ihm."

„Das Schimmern kommt aus dem Mondsee? Ist der Mond etwa ins Wasser gefallen?", meinte Anjou flapsig, um seine innere Anspannung zu überspielen. Einen See mitten in der Nacht aufzusuchen, erschien ihm nicht wirklich geheuer.

„Tzzz, tzzz", kommentierte Ronda und schlug laut mit

den Flügeln. „Der See heißt *Mond*see, weil sein Licht dem des Mondes ähnelt."

Anjou stutzte, musste Ronda aber recht geben: Das Licht in der Ferne wirkte weich und silbrig-weiß.

„Und was sollen wir dort?"

„Ich weiß wirklich nicht, warum hier irgendjemand Angst vor dir haben sollte. So viel Nicht-Wissen für einen Vierzehnjährigen – unglaublich. Also, was die Sonne für den Tag, ist der Mond für die Nacht. Zwei unterschiedliche Kräfte, die den Horizont erhellen. Beide sind gleich wichtig." Ronda setzte sich wieder in Bewegung. Ihrem Flügelflattern nach zu urteilen hielt sie geradewegs auf den Schimmer zu.

„Aaaaah so – ja." Anjou stolperte hinter Ronda her, ohne das Geringste verstanden zu haben. Ronda hörte auf zu flattern. In einem Tonfall, der so geduldig klang, wie der eines Lehrers, der fest davon überzeugt ist, dass auch ein blindes Huhn letztlich buchstabieren lernt, erklärte sie: „Kein Mond am Nachthimmel – kein Gleichgewicht der Kräfte. Weder hier, noch in der Welt, noch in dir. Es gilt immer: Wie innen so außen, das heißt: Äußeres spiegelt Inneres und umgekehrt. Ergo: Wenn du in Fremdland etwas ausgleichst, haben alle etwas davon. Also auf zum Mondsee."

Anjou merkte, dass sein Atem schneller ging. Das Gelände stieg jetzt ein bisschen an und der Untergrund wurde zunehmend weicher. Er fing an zu schwitzen. Die Luft roch feucht und vor Anjou hob sich ein breiter dunkler Strich gegen das immer näher kommende Leuchten ab. Ein leises Plätschern drang an sein Ohr und mit einem Mal konnte er auch wieder Einzelheiten erkennen. Er atmete auf. Ronda hüpfte ein paar Meter vor ihm her, und ehe er sich versah, hatten sie das Seeufer erreicht.

Anjou staunte nicht schlecht. Der Mondsee musste riesig sein, denn er konnte die Uferlinie nicht rundherum verfolgen. Vielleicht lag es aber auch nur an der kugeligen Lichtquelle, von der sich das Leuchten bis zum Ufer und darüber hinaus ergoss und das Ufer überstrahlte. Durch dieses weiche Licht bekam die Oberfläche des Sees den Schimmer eines leicht beschlagenen Spiegels. Einladend. Am liebsten wäre er einfach weitermarschiert, mitten hinein in den See. Da flatterte Ronda vor ihm auf und nieder und stoppte seinen Vorwärtsdrang.

„Wir sind da", kommentierte Ronda das Offensichtliche.

Anjou schaute irritiert zu Ronda. Er wollte sich nicht ablenken lassen. Aus irgendeinem ihm unbekannten Grund fühlte sich Anjou mit diesem See verbunden.

„Der See reagiert auf dich. Spürst du es?", fragte Ronda leise, als hätte sie Angst, durch ihr Krächzen etwas Ungeheures heraufzubeschwören.

Und ob Anjou es spürte. Mit einem Mal kam es Anjou so vor, als wäre die Oberfläche des Sees so samtig wie die Haut eines reifen Pfirsichs. Zum Streicheln schön. Er musste dringend seinen Händen etwas zu tun geben, sonst würde er der Versuchung nicht lange widerstehen können, in dieses dunkle Nass zu fassen. Er bückte sich nach Ronda und hob sie kurzerhand auf Augenhöhe hoch.

„Was ist das? Ich meine, was ist das für ein seltsames Gefühl?" Er kam sich jetzt selber ziemlich dumm vor.

„Das, mein lieber Freund, ist die Energie des Mondsees. Sie weckt die Sehnsucht nach einer Kraft, von der du bisher noch nicht wusstest, dass du sie hast", antwortete Ronda bedeutungsvoll.

„Sie ist soooo ..." Anjou suchte nach dem passenden Wort. Es lag ihm auf der Zunge und schmeckte irgendwie nach mehr. „Angenehm anziehend", brachte er schließlich hervor.

„Verlockend, nicht wahr?"

„Mmmh". Mehr brachte er zu seiner eigenen Überraschung nicht heraus. Ronda zappelte mit den Beinen und Anjou setzte sie wieder ans Ufer. Dabei berührten seine Finger den silbrigen Saum des Sees. Überrascht zog er seine Hand zurück. Das Wasser war so warm wie ein wohltemperierter Badezuber.

„Du musst dich erst vorbereiten, bevor du da rein kannst", mahnte Ronda mit Nachdruck.

„Vorbereiten? Auf was? Aufs Schwimmen?"

„Du bist hier in Fremdland", wiederholte Ronda geduldig. „Dieser See ist nicht einfach nur ein See. Er birgt einen Schlüssel, eine Art Geheimnis. Du kannst dich nicht in ihn hinein begeben, wenn die Zeit noch nicht reif dafür ist."

Oh, Himmel, dachte Anjou und verdrehte dabei die Augen. Laut sagte er jedoch nur: „Und wie soll ich mich vorbereiten?"

„Spiegele dich in der Oberfläche des Sees. Wenn die

Wasseroberfläche klar wird, kannst du eintauchen, wenn nicht – tja, das sehen wir dann."

Anjou, der möglichst schnell ins Wasser kommen wollte, beugte sich vor, ohne ein weiteres Wort zu verlieren. Reiß dich zusammen, mahnte er sich selbst. Anjou fiel es schwer, sich vollkommen zu entspannen. Doch mit Ungeduld und Druck würde er nur das Gegenteil dessen, was er wollte, erreichen. Er seufzte leise. Einmal, zweimal. Das half ihm, seinen Blick zu leeren. Was hatte Ronda gesagt? Die Veränderung geschehen lassen, nicht erzwingen. Weicher Blick. Das Oberflächliche hinter sich lassen. Tiefer schauen. Entspannen. Mit einem Mal kräuselte sich das Wasser. Sanft brachen sich kleine Wellen am Ufer. Anjou ließ geschehen. Er spürte sein Sehnen, doch es war jetzt ein Sehnen ohne Verlangen. Er musste nichts tun. Nur da sein. Er schaute im klaren Wasser bis auf den Grund.

„Bravo!" Rondas Krächzen schrammte in diese wundervolle Klarheit und holte Anjou unsanft aus den Tiefen der Schau ans karge Ufer zurück.

Anjou richtete sich auf. Ihm schwindelte.

„Könntest du mich das nächste Mal bitte etwas weniger unsanft zurückholen, wenn du mich unbedingt zurückholen musst?" Anjou klang so, als hätte Ronda ihn gerade seines Lieblingsspielzeugs beraubt.

„Oh, das trainiert. Je schneller du die Ebenen wechseln kannst, desto flexibler wirst du. Es ist immer von Vorteil, blitzschnell den Blickwinkel verändern zu können. Besonders im Umgang mit Alltäglichem."

Blickwinkel hin oder her – der See war klar. Also worauf noch warten? Anjou fingerte an seiner Hose.

„Sachte, sachte", mahnte Ronda. „Du musst noch etwas wissen."

„Was denn noch?"

„Lass die Hose an. Du brauchst eine Tasche für deine Utensilien." Anjou sog die Luft hörbar ein. Utensilien? Er brauchte einen Moment, um sich zu entsinnen, wovon Ronda sprach. Schnalle, Scherbe, Münze. Fahrig griff er in seine linke Hosentasche und zog als Erstes die alte Gürtelschnalle hervor, die die Form zweier in sich verdrehter Schlangen bildete, sobald man sie ineinander hakte. Fragend schaute er auf Ronda.

„Die Schnalle wird dir jede Tür öffnen, wenn nötig. Und jetzt ab durch die Mitte." Ronda deutete über das Wasser.

„Mitte?", echote Anjou und schaute ihrem Flügel nach. „Weiß ich denn, wo die ist?"

„Natürlich ist sie immer dort, wo es am hellsten ist."

„Und dann?"

„Dann tauchst du hinab auf den Grund. Alles Weitere wird sich zeigen."

Anjou stöhnte auf. Das klang schon wieder kompliziert. Warum konnte er nicht einfach hier am Ufer ein wenig eintauchen in diese wundervoll überdimensionierte Badewanne und ein wenig entspannen?

„Keine Sorge, du wirst nicht ertrinken." Rondas Stimme klang sicher und sanft wie eine Frühlingsbrise fügte sie hinzu: „Da wäre nur noch eins: Der See wird bei Tagesanbruch dunkel. Kehre also zügig zurück, sobald du gefunden hast, was dir fehlt. Du weißt ja ..."

„... Zeit ist relativ", brummelte Anjou. Damit watete er ins seichte Wasser. Kaum war er ein paar Meter weit gegangen, klebte die Hose so eng am Körper, dass er die einzigen Gegenstände, die er mit nach Fremdland gebracht hatte, deutlich spürte. Die Scherbe piekte ein wenig und die Gürtelschnalle drückte in seine Leiste. Gerade wollte er ganz ins Wasser hineingleiten, da fiel ihm noch etwas ein. Er drehte sich noch einmal zu Ronda um und rief: „Was machst du eigentlich, solange ich weg bin?"

„Warten. Auf deine Rückkehr", antwortete sie prompt. Dabei breitete sie ihre Flügel aus, als wollte sie eine Umarmung andeuten. Anjou überkam ein Wohlgefühl. Er wusste, dass er sich auf sie verlassen konnte. Jetzt erst ließ er sich vollends ins Wasser gleiten und entfernte sich in ruhigen Zügen vom Ufer. Die Mitte schien ganz von allein auf ihn zuzukommen. Er brauchte sich dafür nicht einmal anzustrengen. Was für eine elegante Art des Sich-Fortbewegens, dachte er erfreut. Und so leicht. Anjou prustete übermütig ins Wasser. Er fühlte sich frei und ungebunden und gleichzeitig getragen und gehalten. Was für eine Wonne!

Es war ihm, als strömte sie ihm aus allen Poren. Sogleich nahm das Leuchten die Farbe von trockenem Stroh an. Gülden schimmerte es über das Ufer hinaus. Je weiter Anjou sich treiben ließ, desto heller wurde es um ihn herum. Mit einem Mal spürte er einen Sog in die Tiefe. Die Mitte! Er dachte an Rondas Worte, nahm einen tiefen Atemzug und tauchte unter. Er sank tiefer und tiefer und verlor dabei jegliches Empfinden von Maß und Zahl. Das

Wasser rauschte an seinen Ohren. Nach einer gefühlten Ewigkeit spürte er endlich Grund. Das Wasser war so klar, dass er die große Jakobsmuschel sofort sah. Sie musste riesig sein – mindestens doppelt so breit und tief, wie er groß war. Ihr Deckel war geschlossen und erinnerte Anjou an einen ausgebeulten, umgedrehten, perlmuttfarbenen Suppenteller. Was Anjou aber am meisten faszinierte, waren die Blasen, die in regelmäßigen Abständen zwischen den Ritzen aus diesem ungewöhnlichen Gebilde stiegen. Ziellos schwebten sie über den Sand hinweg, bis sie irgendwann zerplatzten und die Luft aus ihnen nach oben entwich. Mit einem Mal verstand Anjou, was Ronda gemeint hatte: Die Blasen waren seine Lebensversicherung.

Er schwamm näher. Beim nächsten Blasenausstoß stieß er seinen Kopf mitten hinein in dieses Gebilde und schnappte gierig nach Luft. Wie wundervoll! Geradezu unglaublich belebend. Kaum hatte er seine Lungen gefüllt, zerplatzte die Blase auch schon. Anjou spürte eine leichte Erschütterung. Er starrte auf die Muschel. Hatte sich der Deckel gerade bewegt? Vorsichtig schwamm er noch näher an das Gebilde heran. Seltsamerweise verspürte er keinerlei Angst, nur Neugierde.

Fasziniert beobachtete Anjou, wie sich der Deckel zeitlupenartig öffnete, bis er einen rechten Winkel bildete. Bis auf die Blasen, die nach wie vor aus dem Unterteil aufstiegen, war die Muschel vollkommen leer. Deckel und Unterteil schimmerten ihm einladend entgegen. Der Glanz schien sich mal zur einen, dann zur anderen Seite zu bewegen. Und nun?, dachte Anjou ratlos. Er würde dann schon sehen, hatte seine gefiederte Freundin zu ihm gesagt. Angezogen von dem matten Glanz näherte er sich dem Innenraum der Muschel. War auch sie ein Spiegel? Behutsam kletterte er in das Unterteil. Kaum berührten seine Füße den Muschelboden, wurde es augenblicklich so dunkel wie in einem Grab. Das Oberteil hatte sich blitzschnell geschlossen.

Eine Falle, durchfuhr es Anjou, als es ihn mit Macht durch die Finsternis zog.

Drachenfeuer

Der Sog endete so abrupt, als wäre Anjou gegen eine Wand gelaufen. Obwohl es hier scheinbar Luft in Hülle und Fülle gab, war alles Wohlgefühl so plötzlich verschwunden wie eine Fata Morgana bei Regen. Das Wasser war einem harten Steinfußboden gewichen. In der Luft hing Brandgeruch. Anjou, der im Muschel-Spiegel-Sog die Augen vor Schreck geschlossen hatte, wagte nicht einmal zu blinzeln. Etwas befand sich in unmittelbarer Nähe und Anjou wurde das Gefühl nicht los, das dieses Etwas maßgeblich für den Brandgeruch verantwortlich war. Zumindest hörte sich das leise Schnaufzischen ganz danach an. Es half nichts, er musste die Augen öffnen, wenn er nicht in Vermutungen hängen bleiben wollte. Vorsichtig wagte er, zu blinzeln. Durch seine hellen Wimpern spähte er in einen hallenartigen, quadratischen Raum, der fast zur Hälfte von einem riesigen Ungetüm gefüllt war. Unwillkürlich schrie Anjou auf und erzeugte dabei ein lautes Schnaufen bei seinem Gegenüber.

In einer Art Halle, die so groß war wie eine Kathedrale, stand in kaum zehn Metern Entfernung ein Saurier ähnliches Monstrum mit schuppiger Haut, an dessen Ende ein langer gezackter Schwanz umherschlug wie das steuerlose Ruder eines schiffbrüchigen Seglers. Ein Treffer würde ausreichen, um ihn an die Wand zu nageln. Instinktiv wollte er zurückweichen, aber die Wand in seinem Rücken gab keinen Millimeter nach. Fassungslos starrte er auf das Ungetüm, dessen Rücken ihn an seine Kindheit erinnerte. Als er seine Milchzähne einen nach dem anderen verloren hatte, waren seine Zahnreihen ähnlich lückenhaft gewesen, wie der Kamm dieses Fleischberges mit Flügeln. Mannshohe Beine quollen dick und rund wie Eichenfässer aus dem massigen Körper. Bestimmt würden sie jeden gnadenlos niederstampfen, der es wagte, sich ihnen in den Weg zu stellen.

Anjous atemloser Blick wanderte weiter und blieb an den gekrümmten Hornkrallen hängen. Die vielen Riefen in dem Steinfußboden ließen darauf schließen, dass sie alles andere als Streichelpfötchen waren. Wo um alles in der Welt war er hier gelandet? Anstelle einer Antwort erklang aus dem hinteren Teil der Halle eine Stimme, die so beruhigend wirkte, wie der Gesang von Delfinen. Anjou machte vorsichtig ein paar Schritte nach links, um an dem Monstrum vorbeilugen zu können. Er sah eine breite Treppe, die zu einer Art Thron führte, auf dem eine füllige Frau saß. Sie musste sehr mächtig sein, wenn sie es schaffte, allein durch ihren Singsang dieses Untier so zu beruhigen, dass es buchstäblich den Schwanz einzog. Es stand jetzt regungslos da und sein weiß-dunkelrosa geringelter Bauch hing so durch, dass er fast den Boden berührte.

Anjou, dem der Schweiß den Rücken hinunterlief, unterdrückte den Impuls, sich zu kratzen. Auf keinen Fall wollte er riskieren, dass dieses Ungetüm noch einmal mit dem Schwanz wedelte. Als hätte die seltsame Kreatur Anjous Befürchtung gerochen, wandte es den Kopf genau in seine Richtung und schwang den langen, schlangenartigen Hals herunter bis auf Anjous Augenhöhe. Anjou sah sich mit zwei großen, runden, dunkelblauen Augen konfrontiert, die vor ihm auf und nieder wogten und ihn fixierten. Die dunklen Wimpern erinnerten ihn an verkohlte Holzstümpfe.

Die feine Nasenpartie wirkte dagegen sanft und ging schwungvoll in ein riesiges, tellerartig wirkendes Maul über, das sich in zwei dicht beieinanderliegende Nüstern ergoss. Sie blähten sich bei jedem Schnaufer und der heiße Luftstrom, der ihnen dabei entwich, wirbelte Anjous blonde Locken durcheinander. Ab und an zuckte Anjou eine dunkelrote Zunge entgegen. Ein überdimensioniertes Ypsilon mit hohem Bewegungsdrang. Auch wenn Anjou keinen Schimmer hatte, wie das hier für ihn ausging, eines war klar: Er steckte gerade in mehr Schwierigkeiten, als ein Tausendfüßler Beine hatte.

„Du hast den Zugang zu ihm gefunden. Nun musst du lernen, damit umzugehen", sang die Stimme, die zuvor bei dem Koloss für Entspannung gesorgt hatte.

Das Ungetüm bog den Hals in die Richtung, aus der die Stimme erklungen war. Dann legte es den Bauch quer über die Treppe und den Kopf zu Füßen der Frau. Mit einem Mal war Anjou wie elektrisiert: Die Frau! Der Thron! Das Untier! Er hatte in der Nacht von ihnen geträumt!

Konnten Träume zu einem realen Bestandteil des Lebens werden? Offenbar.

Was hatte die Frau, deren Haare an verknäultes Lametta erinnerten, gerade zu ihm gesagt? Er müsse mit etwas umgehen lernen? Doch nicht etwa mit diesem feurigen Dampfross? Anjou schluckte.

„Wo bin ich hier? Wer sind Sie? Und was ist das für ein Schrecken, der da zu Ihren Füßen liegt?", fragte Anjou heiser durch den rauchgeschwängerten Raum. Anjou blickte misstrauisch zu dem Untier.

Bei dem Wort „Schrecken" hatte das Ungetüm laut geschnauft und eine kleine frische Rauchwolke umkreiste seinen Kopf wie ein verkohlter Heiligenschein. Anjou hielt seinen Blick fest auf die Frau gerichtet. Bloß nicht umfallen, dachte er und versuchte alles, was nicht zur Frau gehörte, auszublenden.

„Furchtlosigkeit ist eine weise Tugend", klang es aus der Frau. „Die wirst du brauchen, wenn du hier bestehen willst."

Bestehen?, dachte Anjou erschrocken. War das hier so etwas wie eine Prüfung?

„Du bist hier in der Halle des Drachenfeuers. Der *Schrecken* wie du ihn nennst, ist in Wahrheit ein Drache und verkörpert eine feurige schöpferische Kraft, die, wenn sie geweckt wird, auch gelenkt werden muss, sonst kann sie so zerstörerisch sein wie ein Vulkanausbruch." Die Frau sprach die Worte nicht, sie sang sie.

Ein Drache! Jetzt begriff Anjou. Oh, Himmel. Bis jetzt hatte er geglaubt, dass Drachen niedliche Wesen waren, die Glück brachten. Welch ein Irrtum! Anjou zappelte unruhig von einem Bein auf das andere.

Die Frau musste bemerkt haben, dass ihr Singsang auf Anjou nicht den gleichen Effekt hatte, wie auf den Drachen.

„Es ist durchaus sinnvoll, diese Kraft zu respektieren, aber sich davor zu fürchten, hieße, das Leben zu fürchten. Drachen gehören zum Menschen, wie Butter zum Brot. Sie sind pure kreative Kraft."

Das klang zwar interessant, aber nicht sehr beruhigend.

„Wie viele Drachen hat ein Mensch denn so?", versuchte Anjou unbeschwerter zu klingen, als ihm zumute war.

„Oh, natürlich nur einen. Dieser hier ist deiner." Zum ersten Mal lächelte die Frau und zu seiner Überraschung quoll dabei ein wenig Rauch zwischen ihren Lippen hervor.

Wer war diese Frau?, fragte sich Anjou im Stillen.

„Ich bin die Hüterin dieser Kraft. Sie gehorcht mir so lange, bis sie von ihrem Menschen voll und ganz angenommen wird. Wenn das geschieht, ziehe ich mich zurück. Wer seinen Drachen reiten will, bekommt es auch mit mir zu tun."

Anjou, der auf den Drachen blickte und sich vorstellte, wie er dort oben zwischen den gezackten Rückenschuppen saß, während das Ungetüm mit ihm durchging, wurde totenbleich.

„Ich kann aber gar nicht reiten", kam es lahm aus seinem Munde.

„Oh, das ist auch zweitrangig. Als Erstes musst du dich mal entscheiden."

„Entscheiden? Wofür?"

„Bist du bereit, dein Leben bewusst in die Hand zu nehmen und deinen Weg wach und sehenden Auges zu gehen und die damit verbundenen Aufgaben anzunehmen und hingebungsvoll zu erfüllen oder nicht?"

Was sollte das denn jetzt? Was gab es denn da zu entscheiden? Er hatte doch gar keine Wahl. Er saß in dieser Drachenhöhle fest, weil er der verdammten Muschel in die Falle gegangen war. Was sollte das mit seinem Leben zu tun haben?

Die Frau schien zu spüren, was Anjou bewegte.

„Du hast immer eine Wahl. Du kannst weiter selig vor dich hin schlummern und das Leben auf dich hinab regnen lassen. Nur darfst du dich nicht wundern, wenn du irgendwann durchnässt bist und es ungemütlich wird."

„Oder was?", fragte Anjou etwas spitz.

„Oder du kannst dich aufmachen, selber zu bestimmen, wann es regnet und wann nicht, indem du dein Leben selber in die Hand nimmst."

In Anbetracht der Hitze, die um ihn herum herrschte, fand Anjou die Aussicht, es regnen lassen zu können, wann er wollte, mit einem Mal ganz reizvoll.

„Sehr gut. Letztlich ist im Leben sowieso nicht entscheidend, was geschieht, sondern aus welchem Blickwinkel du es betrachten kannst."

Anjou sog erstaunt die Luft ein und musste prompt husten. Konnte die Frau Gedanken lesen? Sie hatte direkt auf seinen Gedankengang geantwortet.

Der Drache bewegte einen Fuß. Er schien wieder munterer zu werden. Anjou sah mit Entsetzen, dass die oberste Treppenstufe unter ihm wegbröselte.

„Also? Der Drache wird bereits unruhig", singsangte die Frau, aber diesmal klang es nicht mehr ganz so melodisch.

Anjou konnte sich zwar immer noch nicht vorstellen, dieses schreckliche Vieh zu besteigen, aber in Anbetracht dessen, dass er hier nicht schmoren wollte, bis er gar gebacken war, musste er sich wohl oder übel mit dieser feurigen Kreatur „anfreunden". Er gab sich einen Ruck und sagte beherzt: „Ich bin bereit. Was muss ich tun?"

Kaum hatte er die Worte gesprochen, war der Drache auf den Beinen. Es rummste und bumste und der Thron schwankte gewaltig nach links und rechts. Doch die Frau lächelte und ihre Augen strahlten heller als der Morgenstern. Mit einer wischenden Handbewegung gebot sie dem Drachen etwas zur Seite zu rücken, während sie mit der anderen Hand Anjou zu sich heranwinkte. Der Drache blickte aus rauchiger Höhe auf ihn herunter und er kam sich winzig vor. Da gebot die Frau ihm, die Stufen ganz zu ihr aufzusteigen.

Kaum war er oben angelangt, griff die Thronhalterin in die Falten ihres langen Gewandes und zog mit der rechten Hand einen ovalen, bestielten Gegenstand hervor. Ein Spiegel!

„Bevor du den Drachen reiten kannst, musst du in den Spiegel schauen."

„Warum?", fragte Anjou erstaunt. Seine Augen tränten vom Rauch und er konnte sich nicht vorstellen, in dieser Atmosphäre klar sehen zu können.

„Weil du nur so erkennen kannst, was dich am meisten schwächt. Ohne dieses Wissen kannst du den Drachen nicht reiten."

Anjou, der bei dem Wort „reiten" zusammenfuhr, fragte flau: „Und was hat der Spiegel damit zu tun?"

„Der Spiegel wird dich zu dir selbst führen und dir helfen, deine größte Schwäche zu erkennen."

Am liebsten hätte Anjou geantwortet, dass er das auch ohne Spiegel wüsste, denn seine Knie schlotterten wie ausgeleierte Kettenglieder. Stattdessen rieb er sich die Augen.

„In jeder großen Schwäche steckt im gleichen Maße große Stärke. Das ist wesentlich", fuhr die Frau gelassen fort und erinnerte Anjou in ihrer Art ein wenig an Ronda. Nur, dass Ronda ihre Ausführungen krächzte und nicht sang.

„Erst wenn du deine Schwäche kennst, kannst du über sie deine Stärke kennenlernen. Nimmst du diese für wahr, erfährst du Wahrheit. Wahrheit, über das, was wirkt. Erfährst du die Wirklichkeit. Erst dann bist du in der Lage, den Drachen zu reiten."

Mit diesem Gesang drehte die Frau den Spiegel um, sodass Anjou auf die spiegelnde Oberfläche schauen konnte. Der Drache schnaufte. Dabei nebelten Rauchschwaden über das silbrige Oval und machten Anjous Antlitz im Spiegel wabern. Anjou wusste, was zu tun war. Er fing an, sich so gut es im Beisein eines Drachen eben möglich war, zu entspannen. Sein Blick wurde unscharf. Die Oberfläche machte augenblicklich einem Geschehen Platz, das er erst kürzlich hinter sich gelassen hatte: Er sah Ronda, die im stillen Leuchten des Mondsees am Ufersaum saß und auf seine Rückkehr wartete. Kein Laut war zu hören. Der reine Klang der Stille, der Anjou mit einem Mal durchdrang, nahm aller Zeit ihren Stachel und füllte den Raum mit süßer Leere. In diese Empfindung brach plötzlich Vogelgekrächze ein und bereitete dem stillen Idyll ein schnelles Ende. Ronda war in höchster Gefahr! Der Krähenschwarm war zurück, und diesmal würde es keinen schützenden Arm geben, unter den sich Ronda flüchten konnte. Anjou schreckte aus der Spiegelschau. Ihm schwindelte. Seine Gefühle kollerten durcheinander wie Flusskiesel nach der Schneeschmelze. Er konnte nichts für Ronda tun. Nicht von hier aus.

„Deine größte Schwäche ist zugleich auch deine größte Stärke." Die Stimme der Frau klang beruhigend. Der Drache blähte wie zustimmend seine Nüstern, dann legte er seinen Kopf ein paar Stufen tiefer und schnaufelte unentwegt kleine Rauchwölkchen zur Decke. Die gespaltene Zunge fuhr in dem halb geöffneten Maul nervös vor und zurück.

Anjou aber beherrschte nur ein Gedanke: Ich kann Ronda nicht helfen. Sie wird von ihren Artgenossen womöglich gerade gelyncht und ich kann ihr nicht helfen, weil ich hier festsitze, dachte er verzweifelt. Das Schreckgespenst ihres drohenden Verlustes lastete auf ihm und machte jeden klaren Gedanken zunichte. Seine Augen füllten sich mit Tränen. Verlustangst – war das seine größte Schwäche?

Er blickte flehentlich zu der Frau, die nach wie vor ruhig auf ihrem Thron saß und ihm immer noch den Spiegel vorhielt.

„Geh der Angst auf den Grund – finde die Grundlage, auf der sie beruht. Blicke in den Spiegel. Erkenne dich selbst", singsangte sie scheinbar ungerührt.

Wenn Anjou hier schnellstmöglich raus wollte, hatte er keine andere Wahl, als sich erneut in den Spiegel zu versenken. Unscharfer Blick. In Gedanken bei Ronda. Fast augenblicklich waberten Schreckensbilder auf und nieder: Ronda in den Krallen ihrer Artgenossen, die Federn ausgerissen, die Flügel verdreht. Ronda im Pulk hackender Schnäbel. Ronda am Ufer des Sees, leblos, in blutigem Schlamm. Seine Angst um Ronda wuchs von Szene zu Szene und erschwerte den Durchblick.

„Angst verzerrt die Wahrheit, versperrt die Sicht auf das Wesentliche und blockiert den Lebensfluss", flüsterte in Anjou eine Erinnerung an Rondas Worte. Er seufzte. Er musste den Zweiten Weg gehen, um klar erkennen zu können. Sofort dachte er an die erste Zeit mit Ronda zurück. Dachte und fühlte die vielen schönen Stunden trauter Zweisamkeit in seinem Herzen. Augenblicklich veränderte sich die Szenerie: Sein Zimmer. Er als kleiner Junge. Verzweifelt die Hand seiner Mutter umklammernd, kaum der Sprache mächtig. *Mami kommt doch bald wieder.* Alte, uneingelöste Worte erzeugten unerlöste Gefühle und gossen Öl ins Feuer seiner Hilflosigkeit und Ohnmacht. Er war zu klein, um etwas ausrichten zu können. Er hatte keinerlei Macht. Das war seine größte Schwäche. Er war viel zu klein.

Die Erkenntnis katapultierte Anjou aus der Schau zurück in die Halle, in der die Luft mittlerweile zu glühen schien wie in einem Backofen. Die Wände wankten unter dem Stampfen eines scheinbar verrückt gewordenen Drachen. Über allem Stampfen und Rauch thronte die Hüterin inmitten des Chaos und hielt Anjou immer noch ungerührt den Spiegel hin.

„Worin besteht deine größte Schwäche?", singsangte sie. Augenblicklich wurde der Drache etwas ruhiger, sodass nicht die ganze Treppe unter ihm zerbröselte, sondern nur der obere Teil, auf den der Schwanz niederfuhr.

„Ich bin zu klein!" Anjous Stimme überschlug sich fast.

Das Getöse, was jetzt losbrach, war unbeschreiblich. Der Drache erhob sich augenblicklich und schaukelte direkt auf ihn zu. Sein geringelter Bauch stieß Anjou dabei unsanft zu Boden. Anjou rang nach Atem. Sein Hals schmerzte vor Rauch und Hitze. Dem Drachen schien es jedoch kaum besser zu gehen, denn er steckte seinen langen Hals pfeilschnell in den Baldachin aus Rauch, der sich mittlerweile unter der Decke gebildet hatte, sodass der Kopf gänzlich darin verschwand. Brandiger Geruch schien für ihn das rettende Element zu sein. Es sah so aus, als bräuchte er nach Anjous Einsichten eine riesige Portion von diesem stinkenden Stoff. Der Thron schwankte beachtlich. Die Frau singseufzte laut. Dann erhob sie ihre

Stimme. Augenblicklich hörte der Boden auf zu schwanken und das Schnaufen des Drachen wurde erträglicher.

„Du siehst, was für Auswirkungen es auf die Kraft des Drachen hat, wenn du so etwas denkst."

„Aber –."

„Schschhh ... wiederhole es nicht noch einmal oder willst du, dass der Himmel über uns zusammenstürzt?"

Himmel? Wohl eher die Hölle!, dachte Anjou. Aber auch die sollte nicht über ihm einstürzen. Stumm schüttelte Anjou den Kopf. War das ein Lächeln, das die Frau ihm schenkte?

„Du bist auf dich selbst hereingefallen. Das kann schon mal passieren. Deine größte Schwäche ist nicht, dass du zu klein bist ..."

„Aber ich fühle mich so!", brüllte Anjou wenig erwachsen. Ein alter Schmerz wütete in seinen Eingeweiden. „Klein und ohnmächtig!", heulte er.

Seine Augen tränten jetzt bestimmt nur deshalb so stark, weil der Rauch so schrecklich in sie hinein biss.

„Und genau das ist der springende Punkt: Du verwechselst Glaube mit Wirklichkeit. Deine schmerzliche Erfahrung lässt dich glauben, du seist zu klein, um etwas Großes bewirken zu können. Nichts könnte weiter von der Wahrheit entfernt sein, als dies."

„Aber was ist es dann? Meine größte Schwäche?"

„Nun – was glaubst du denn?"

„Glauben? Glauben! Das ist es! – Es ist mein Glauben."

Ein Schnüffeln ertönte von der rauchgeschwängerten Decke und der Drachenkopf segelte aus dem gräulichen

Rauch gen Boden. Sanft legte er sich zurück in die Trümmer der Treppenstufen. Das Lächeln der Frau vertiefte sich.

„Genau. Dein Glaube, deine Überzeugung. Darin liegt deine größte Schwäche."

Der Drache hatte sich vollkommen beruhigt und lag friedlich auf den Stufen. Es war offensichtlich, dass dies die Wahrheit war. Anjou runzelte die Stirn. Wenn das stimmte, dann war seine Überzeugung, sein Glaube, gleichzeitig auch seine größte Stärke.

Der Drache verzog die Mundwinkel und schneller, als Anjou „Aarrgh" sagen konnte, wirbelte dessen raue Zunge über sein Gesicht. Er konnte nicht anders, er musste laut lachen. Als er sich wieder beruhigt hatte, fühlte er sich entspannt und ihm fiel noch etwas ein: „Und wie finde ich zum rechten Glauben, wenn meine Erfahrung versucht, mich hinters Licht zu führen?"

Wieder griff die Frau unter ihr Gewand. Diesmal holte sie einen herzförmigen Gegenstand hervor. Da verstand Anjou. Es gab viele Spiegel im Haus der Erkenntnis, aber nur einen Schlüssel zur Wahrheit. Mit dem Zweiten Weg, dem Herzensweg, würde er niemals fehlgehen. Er führte am Ende immer zur tiefsten Wahrheit.

Anjou überlegte. Was war dann wohl die Wahrheit bezüglich seines Glaubens, er sei hilflos und ohnmächtig, während Ronda am Ufer Gefahr drohte?

Noch hielt die Frau den Spiegel in der Hand. Aller guten Dinge sind drei, dachte er pragmatisch und versenkte sich ein drittes Mal in den Spiegel. Diesmal dachte er in Gedanken sofort an die kleine Ronda, die an jenem Abend verletzt in seine Obhut gekommen war. Augenblicklich wurde sein Herz weiter und er blickte noch schneller und tiefer in den Spiegel.

Erneut sah er Ronda am See. Erneut hörte er das beängstigende Krächzen in den Lüften und erneut schlugen Hunderte von Krähenflügeln in der Dunkelheit und formten einen dicht verwobenen Teppich, der sich auf Ronda herabzusenken drohte. Erneut klopfte die Angst bei Anjou an. Doch diesmal konzentrierte sich Anjou bewusst auf sein Herz. Vertraute auf die Wahrheit.

Sofort drehte die Krähenschar ab, stieg höher und höher, weg von Ronda und dem See.

Erst jetzt rückte Anjou der güldene Schimmer in den Fokus, der sich mit dem Leuchten des Sees vermischt hatte und weit über das Ufer hinausstrahlte. Anjou spürte eine tiefe Gewissheit, dass Ronda sicher war. Damit endete die Schau. In der Halle war alles ruhig. Verblüfft sah er auf. Der Drache lag immer noch friedlich zu Füßen des Throns, und schien zu schlafen. Die Frau lächelte.

„Wahre Größe hat nichts mit physischer Größe zu tun. Wahre Größe kommt von innen. Sie entsteht durch Wohlgefühl. Du musst dich wohlfühlen, um deine wahre Größe erkennen zu können."

Jetzt war es an Anjou zu lächeln. Er erinnerte sich, wie er im Mondsee wohlige Freude empfunden hatte. Sie war ihm förmlich aus allen Poren geflossen. Gülden. Sorglos.

„Wusstest du, dass Gold schützt?"

„Nein – aber ..." Anjou verstand nicht, was das mit Rondas Sicherheit zu tun haben sollte.

„Dein überaus starkes Gefühl der Freude hat über die Grenzen des Mondsees gewirkt und Ronda geschützt."

Der Drache schnaufte wohlig.

Anjou konnte es kaum fassen. Er hatte geglaubt, dass er nichts ausrichten konnte. Er hatte sich gewaltig getäuscht. Seine Angst hatte ihn kurzsichtig gemacht. Das sollte ihm nicht noch einmal passieren. Er wandte sich dem Drachen zu. Er würde den Drachen reiten. Mit seiner Hilfe und der des Spiegels würde er jede falsche Überzeugung entlarven und jede Angst durchschauen. Der Drache blinzelte und sein Schnaufen klang zum ersten Mal wie eine Einladung. Anjou wusste, dass er dem Geheimnis, von dem Ronda am Ufer des Sees gesprochen hatte, auf den Grund gekommen war. Es wurde Zeit, zu ihr zurückzukehren. Er begab sich zu dem massigen Körper, der sich noch ein bisschen platter zu legen schien und stieg auf den geringelten Bauchplatten immer höher, bis er sich an den letzten Schuppen zum Kamm hinaufgehangelt hatte, und sich in eine Lücke der Drachenzacken zog.

Der Drache richtete sich auf. Heißer Rauch biss erneut in Anjous Lungen. Die Halle verschwand im Rauchnebel. Er musste schnellstens hier raus, sonst würde er ersticken. Erstmal runter von der Treppe, in tiefere Gefilde, dachte Anjou. Kaum hatte er den Gedanken zu Ende gedacht, stieg der Drache auch schon die Stufen hinab und hinterließ dabei einen Steinbruch. Anjou klammerte sich an den Drachen, schaute sich suchend um. Wo war der Ausgang? Wo der Weg, den er gekommen war? Er brauchte dringend einen Wegweiser.

Er blickte zum Thron. Die Frau wirkte abwesend. Die Augen geschlossen, ruhten ihre Hände wieder auf den Armlehnen. Sie hatte sich bereits zurückgezogen. Anjou überlegte. Plötzlich fiel ihm seine Spiegel-Scherbe ein. Ronda hatte gesagt, dass sie immer den richtigen Weg wies. Er fingerte in seine Hosentasche. Sie war in all den vergangenen Wirren an Ort und Stelle geblieben. Schnell nahm er sie in die rechte Hand und blickte auf die Oberfläche. Er ließ seinen Blick unscharf werden und schon versank alles um ihn herum.

Der Sog war unmittelbar. Anjou fühlte sich in die Länge gezogen, dann endete die Reise, wie sie begonnen hatte: In undurchdringlicher Finsternis.

„Autsch!", entfuhr es Anjou. Sein Kopf war unsanft gegen etwas Hartes über ihm gestoßen. Der Drache fauchte und eine helle Flamme schoss aus seinem Maul, die den Ankunftsort für einen kurzen Moment ausleuchtete. Was Anjou sah, ließ nur einen Schluss zu: Sie waren im Innern der geschlossenen Jakobsmuschel. Sowie der Drache sich auch nur einen Zentimeter mehr aufrichtete, würde das unweigerlich zu Kopfweh führen. Wenn Anjou nicht gleich etwas einfiel, um der Muschel zu entkommen, würde er unweigerlich als gestauchter Krustenbraten enden. Da fielen ihm Rondas Worte wieder ein.

Die Schnalle! Ronda hatte gesagt, sie würde ihm alle Türen öffnen. Er fingerte in seine Hosentasche und zog die alte Gürtel-Schnalle hervor. Da er nicht wusste, was genau er damit tun sollte, hielt er sie in die rauchige Finsternis und brüllte: „Ich habe die Schnalle!" Unter ihm rumorte der Körper des Drachen, doch sonst geschah – nichts.

Anjou rann der Schweiß aus allen Poren. Warum öffnete sich die verdammte Muschel nicht? Er befühlte die Schnalle mit einer Hand. Dabei bemerkte er, dass sie nicht ganz geschlossen war. Schnell hakte er beide Teile so zusammen, dass sie ein geschlossenes Ganzes ergaben. Die Muschel machte „plopp" und öffnete sich weit. Anjou hatte gerade noch Zeit, Mund und Nase zu verschließen, da tobte der Drache auch schon senkrecht nach oben. Hoffentlich weiß der, wo es langgeht, dachte Anjou, der Mühe hatte, sich auf dem Drachenrücken zu halten. In rasendem Aufstieg zerrte das Wasser an seinen Haaren und riss an seinem Körper. Anjou brauchte seine ganze Kraft, um sich auf dem Rücken des Drachen festzukrallen. Um ihn herum war alles Leuchten verschwunden.

Es ist Tag, schoss es Anjou durch den Kopf, während unter ihm der Drache durch das dunkle Wasser schoss. Nach einer gefühlten Ewigkeit tauchten sie auf. Gierig sog Anjou die Luft ein. Um ihn herum war es taghell. Eine milchige Sonnenscheibe hinterließ eine matte Spur auf dem dunklen Wasser. Während der Drache gen Ufer raste, suchte Anjou besorgt den Himmel ab, aber er schien krähenlos zu sein. Mit einer Feuerfontäne, die einem Vulkanausbruch alle Ehre gemacht hätte, pflügte der Drache schließlich an Land. Der abrupte Stopp schleuderte Anjou zu Boden. Verwundert stellte er fest, dass sein Aufprall durch unzählige Büschel grünen Mooses abgemildert wurde. Überall dort, wo zuvor dunkle, kahle Erde gewesen war, wuchsen jetzt Moose, Farne und sattes Gras. Fremdland hatte sich erneut verändert. Wirkte lebendiger als zuvor. Bewusstwerdung wirkte offenbar außerordentlich befruchtend. Ronda hatte recht. Ein tiefer Blick in einen Spiegel und schon veränderte sich das gesamte Umfeld. Wie gut, dass es sie gab. Ohne sie wäre sein Leben so flach wie ein Stück Papier.

Anjou schaute irritiert am Ufer entlang. Hatte Ronda nicht gesagt, sie würde hier auf ihn warten? Der Drache schnaufte laut, aber von Ronda fehlte jede Spur.

Der Schwarze Ritter

„Ronda!", rief Anjou, ohne sich weiter um den Drachen zu kümmern, dessen Haut im Wasser schrumpelig geworden war und der jetzt aus allen Poren dampfte.

Anjou lief ein paar Schritte ins Gelände. Ein Busch bewegte sich und gleich darauf lugte ein schwarzer Schnabel aus ihm hervor, gefolgt von einem ebenso schwarzen Kopf.

„Na, endlich! Ich dachte schon, ich müsste hier überwintern", schallte Anjou die vertraute Stimme von Ronda entgegen. Ihm fiel ein Stein vom Herzen.

„Ich freue mich auch, dich zu sehen", antwortete er mit einem befreienden Lachen. „Tut mir leid, dass ich so lange weg war, aber ich bin noch nicht so vertraut mit dem Reiten von Drachen, weißt du", dabei wandte er sich um und wies mit einer einladenden Geste auf seinen dampfenden Begleiter. Ronda riss Schnabel und Augen auf und schnappte hörbar nach Luft.

„Ein Feuerdrache!", prustete sie aufgeregt und flatterte dabei Anjou vor die Füße.

„Natürlich ein Feuerdrache. Was denn sonst?", fragte Anjou irritiert und wedelte mit der Hand die Dampfschwaden weg, die vor seinen Augen träge vorbeitrieben.

Ronda musste doch gewusst haben, dass er dieses Wesen finden würde – sie wusste doch sonst immer alles.

„Oh, ich finde es ungewöhnlich, dass du aus einem See mit einem Feuerdrachen zurückkehrst. Du nicht?"

„Ach, weißt du, ganz ehrlich, ich fange an, das Ungewöhnliche langsam für normal zu halten. Andererseits, wenn du mich schon fragst, was hätte ich denn deiner Meinung nach sonst im Mondsee finden sollen? Einen Goldfisch?"

„Wohl eher einen Wasserdrachen", erwiderte Ronda ungerührt. Anjou sperrte den Mund auf. „Du meinst, es gibt auch Wasserdrachen?" Auch davon hatte Anjou noch nie etwas gehört.

„Und Luftdrachen und Erddrachen", ergänzte Ronda. Dann hüpfte sie direkt auf den Drachen zu, dessen Größe sie nicht zu beeindrucken schien.

„Hoffentlich ist der Drache nicht zu sehr verwässert. Feuerdrachen werden schwach, wehleidig und neigen zum Jammern, wenn sie zu lange mit Wasser in Berührung sind", bemerkte Ronda spitz.

Ach deshalb wollte der Drache so schnell an Land, dachte Anjou. Wasser ist nicht sein Lieblingselement.

Nicht schlecht, was er so denkt, auch wenn es mich ein wenig kränkt, wenn er der Krähe Glauben schenkt, singsangte es mit einem Mal in Anjous Kopf. Erschrocken blickte er erst zu dem Drachen, dann zu Ronda. Doch die schien nichts gehört zu haben. Sie beäugte nur leicht aufgeplustert mit schiefgelegtem Kopf den Drachen. Demnach konnte nur er den Drachen hören – wie einen fremden Gedanken, der melodisch klang. Singsang eben.

„Was ist los?", fragte Ronda leicht gereizt, als ahnte sie, dass etwas Ungewöhnliches vor sich ging.

„Der Drache ist in meinem Kopf – äh, ich meine, ich höre seine Stimme in meinem Kopf", antwortete Anjou immer noch leicht verwundert und gleichzeitig peinlich berührt.

„Ich hab's ja schon immer gewusst – diese Drachen sind nicht so ohne", sinnierte Ronda. „Du wirst deine Gedanken im Zaum halten müssen, das Ungetüm verdreht dir sonst womöglich noch den Kopf", schob sie stichelnd hinterher. Anjou blickte erstaunt auf Ronda. Was war denn mit ihr plötzlich los?

Wir Drachen sind besondre Wesen und können auch Gedanken lesen, denn darin sind wir Meister, was kümmern uns die Geister, die diese Kunst nie lernen, weil sie für Worte schwärmen, die meistens unnütz und vergebens – nur Steine auf dem Weg des Lebens. Wie einfach wär der Ausguck, wär Sprache nicht ihr Ausdruck. Doch das begreift ein Federvieh wie diese schwarze Krähe nie!

Mit einem Schnaufdampfen unterstrich der Drache seine ansonsten lautlose Übermittlung.

Als wenn ich nicht schon genug Probleme hätte, dachte Anjou. Als besondere Dreingabe habe ich nun einen Gedankenlesenden Drachen, der Krähen offenbar nicht mag, und eine Krähe, deren Sympathie für Drachen so spröde ist wie ein ausgeblichener Knochen. Noch bevor der Drache Anjous Gedanken kommentieren konnte und Ronda weiter geschliffene Worte gegen den massigen Feuerspeier schleuderte, wandte sich Anjou dem Drachen zu und sagte mit fester Stimme: „Ronda ist meine Gefährtin und ... äh, besondere Freundin. Du wirst sie respektieren, so wie ich dich in deiner Drachenart respektiere." Anjou atmete tief durch. „Und ich werde in ihrer Gegenwart weiterhin Worte benutzen, um zu kommunizieren. Schließlich ist nicht jeder, der in Fremdland unterwegs ist, automatisch eine singende Souffleuse."

Hört, hört, der Herr im Hause ist verstört von unsrer guten Gabe. Doch da wir Drachen dem gehören, der uns hat können raufbeschwören, wolln wir dir Freud bereiten und deinen Willen deuten, als wär es unser ganz allein. Doch lass dir sagen allgemein sind Krähen eine arge Pein, die lauter für den Ritter krächzen, als Babys nach den Brüsten lechzen.

„Na sowas, was so ein Tiefseelentauchgang doch bewirken kann", kommentierte Ronda Anjous Worte und entflammte damit seine Wangen.

Anjou hatte zum ersten Mal, seitdem er nach Fremdland gekommen war, das Gefühl, alles im Griff zu haben – ausgenommen die Tatsache, dass sich der Drache und Ronda nicht aufs Fell gucken konnten. Ob es daran lag, dass Ronda ein Geschöpf der Luft war und des Drachen Heimat in tieferen Gefilden lag oder ob es mit Anjou „in persona" zu tun hatte, wusste er nicht zu sagen, und wenn er ganz ehrlich war, wollte er jetzt auch nicht weiter darüber nachdenken. Viel wichtiger war es, den Schwarzen Ritter so bald wie möglich von seinem Thron zu stoßen. Mit Rondas Hilfe würde er im Handumdrehen bei der Burg der Spiegel sein.

Der Drache bebte in den Flanken und Anjou spürte eine ungeheure Kraft in den Lenden. Er hatte das Gefühl, gleich nochmal zehn Zentimeter zu wachsen.

„Also, worauf warten wir noch? Auf zur Burg – ich kann es kaum erwarten, dem Schwarzen Ritter gehörig in die Spiegel zu spucken." Anjou blickte Beifall heischend zu Ronda, die jedoch lediglich leicht den Kopf wiegte, während der Drache schnaufte. Träge stiegen kleine Rußwölkchen gen Himmel und bildeten in luftiger Höhe einen dunkelgrauen Schleier. Anjou war das egal. Er fühlte sich großartig. Sein Tatendrang stieg mit jeder Sekunde.

„Ronda, wo geht es denn nun weiter?", fragte Anjou fordernd und wippte ungeduldig auf den Fußballen auf und nieder.

„Ich kenne Fremdland, nicht den Weg", antwortete Ronda kurz, sodass Anjou irritiert zum Drachen blickte.

Ich geb es zwar nicht gerne zu, doch was sie sagt, ist kein Tabu. Sie kann den Weg nicht wissen, nur dir liegt er zu Füßen. Du brauchst auch mich nicht fragen, auch ich kann dir nicht sagen, wohin du dich sollst wenden, liegt nur in deinen Händen. Nur du allein kannst dich befrein und kannst dein eigner Führer sein. Ich find's zwar nicht zum Lachen, doch selbst wir mächtgen Drachen sind nur Begleiter, niemals Reiter.

Na, toll, dachte Anjou ernüchtert. Da hatte er sich offenbar zu früh gefreut. Einen Drachen an seiner Seite zu haben, machte sein Vorhaben scheinbar nicht leichter. Im Gegenteil. Rondas federleichte Klarheit schien nicht so ohne weiteres vereinbar mit der Lebenskraft des Drachen. Anjou seufzte.

Leichtigkeit ist eine Zier, doch hier geht es ohne ihr, wenn du willst den Ritter fassen, darfst du dich nicht fallen lassen. Selbst gefundene Wege sind wie Stege auf der Leiter und nur diese bringt dich weiter, macht dein Herz und Hirn gescheiter. Ich kann dir nur so viel künden, wenn du tief blickst, wirst du's finden. Wenn du willst das Dunkel lichten, musst du es zunächst mal sichten.

Selbst gefundener Weg? Sichten? Ratlos bohrte Anjou mit seinem Fuß Löcher in den bemoosten Boden, als würde er unter der weichen Oberfläche etwas finden, was ihm auf Augenhöhe versagt blieb. Wohin er auch sah, entrollte sich endlos die gleiche Landschaft. Wie sollte er ohne einen weiteren Anhaltspunkt erkennen, wo es langging? Anjous Hochgefühl zerfiel zu Staub. Aus den Nüstern des Drachen quiemelten dicke Rauchschwaden und bildeten über ihm einen neuen Himmel aus Ruß. Trotz Ronda und dem Drachen fühlte er sich plötzlich verlassen.

Unsicher nestelte er an der Hosentasche, deren leichte Ausbeulung seinen nervösen Fingern etwas zu tun gab. Dann hielt er plötzlich inne und lächelte. Fast hätte er über das Schweigen von Ronda und dem Drachen das Naheliegende übersehen. Triumphierend zog er die Spiegelscherbe aus der Hosentasche hervor. Hatte Ronda nicht gesagt, ein Spiegel würde ihm immer den richtigen Weg weisen?

Na, dann zeig mir mal, wo es lang geht, dachte Anjou und versenkte sich ohne weitere Umschweife in das Kleinod. Alles um sich herum vergessend, sank er schnell tiefer. Zeit und Raum schwanden. Es wurde dunkel. Nein, nicht ganz. Ein schmaler Lichtstrahl tröpfelte durch einen langen Spalt knapp unterhalb einer gewölbten Decke und beleuchtete einen schimmeligen Brotkanten samt Blechschale, als wäre es eine berühmte Persönlichkeit. Das einzige Möbel war ein alter Hocker, der dreibeinig neben dem Lichtschlitz stand. Ringsum gähnten grob gemauerte Wände kahl auf das stockige, verwaiste Lager am Boden. Anjou schauderte. Wohlig war das nicht. Dieser Ort roch wie ein trüber Tag im November, an dem der Hauch des Todes wehte und jene mit sich nahm, deren Leben welk und substanzlos geworden war.

Wo war er hier bloß gelandet? Seine Aufmerksamkeit wurde abermals auf die Blechschale gelenkt. Er entdeckte an ihr Spuren von Vogelkot. Vogelkot? Dicke Mauern und wenig Licht? *Die Burg!*, schoss es Anjou durch den Kopf. Sein Herz hämmerte plötzlich gegen seine Rippen. Es fiel ihm schwer, sich entspannt zu konzentrieren. Er hörte ein

Poltern, gefolgt von einem leisen Scheppern. Anjou atmete tief ein. Dachte an Ronda. Entspannte sich und sah wieder klarer. Direkt vor ihm stürzte durch eine offene Tür eine knochige Frau zu Boden. Über ihr stand eine hohe Gestalt in silberner Rüstung.

„Du gewürmte Kreatur von Weib. Wenn du mir bis zum Birdisday keinen Spiegel bringst, in den ich zu blicken vermag, werde ich dir dein Herz herausreißen", dröhnte es dumpf unter dem geschlitzten Visier hervor.

Der Schwarze Ritter! Plötzlich hatte er nur noch Augen für die magere Frau. Sie hatte den Kopf gehoben, um ihrem Peiniger auf das heruntergeklappte Visier zu starren. Die müden, aber keineswegs trüben blauen Augen schwammen zwischen einem Filz von Haar und Tränen. Ihr Gesicht starrte vor Schmutz und doch konnte dieser den ungewöhnlich hellen Teint der Frau nicht verbergen. Anjou hatte das Gefühl, er wäre in einen zugefrorenen Teich gefallen, so fröstelte ihn sein eigenes Entsetzen.

„Ich habe keine Angst vor dem Tod", erwiderte die Frau leise. Ihre Stimme klang dünn, aber fest.

„Für eine Mutter gibt es Schlimmeres als den Tod", dröhnte es kalt aus der Rüstung. Anjou zuckte zusammen. Ein Wort fraß sich in sein Gemüt: ... *Mutter* ... *Mutter* ... *Mutter* ...

„Nein!" Anjou stürzte unmittelbar aus der Spiegelschau zurück in die grüne Landschaft. Das, was er gerade gesehen hatte, war entsetzlich. Der Schwarze Ritter war ein Monster, das seine Mutter erniedrigte und quälte. Leises Krächzen drang durch die Rußwolken an sein Ohr, aber

Anjou war noch zu sehr mit dem Geschauten beschäftigt, als dass er es bemerkte. Anjou wünschte, er könnte dem Schwarzen Ritter seine eigenen Krähen auf den Hals hetzen und zusehen, wie sie ihm ins Fleisch hackten.

Kaum hatte Anjou den Gedanken zu Ende gedacht, da brach ein Inferno los: Der Drache spie Feuer und aus dem rußgeschwärzten Himmel stürzten ein Dutzend Krähen auf das Trio hernieder. Ehe Anjou wusste, was geschah, hackten Krähen auf ihn ein und durch das Fauchen des Drachen hörte er Ronda erbärmlich krächzen: „Ist das dein Weg?"

Aus brennenden Augenwinkeln sah er, wie Ronda in den nächstgelegenen Kugelbusch hüpfte, um nicht aus Versehen von dem Drachen gegrillt zu werden.

„Ronda!!!", brüllte Anjou und riss instinktiv die Arme vor sein Gesicht. Unter weiteren Krähenhieben rannte er zu dem Kugelbusch, in dem Ronda sich verschanzt hatte. Er hatte ihn fast erreicht, da ließen die Krähen von ihm ab, flogen zu dem Busch und rissen Ronda aus dem Gestrüpp. Schnell gewannen die Häscher an Höhe und verschwanden mit Ronda im Ruß.

„Neiiiin!" schrie Anjou bis ihn ein Hustenanfall verstummen ließ. Dann sackte er in sich zusammen und nur das Brennen seiner Haut ließ ihn wissen, dass er nicht träumte. Eine raue und erstaunlich kühle Drachenzunge strich über seine verletzte Haut. Obwohl er die sanfte Berührung als angenehm empfand, fühlte er sich elend. Ich habe die Krähen nicht kommen sehen, schalt er sich selbst.

Seine Wut auf den Schwarzen Ritter hatte ihn blind gemacht für die drohende Gefahr.

Schmatzend glitschte der Drache neben ihm ins Moos und schniefend zitterte der Kopf auf und nieder. Mit zitternden Nüstern singsangte der Drache:

> *Erkennen und nicht tadeln, das wird dich letztlich adeln, wer seine Krone tragen will, muss durch das ganze Ungebill. Doch lass dir dieses sagen: Dein Schuldbewusstsein hilft so viel wie Schlaf mit nassen Füßen. Erkenntnis heißt das große Spiel, von dort dein Weg lässt grüßen.*

Zwielicht

Anjou ächzte auf die Füße. Er fühlte sich zerschlagen, aber der Gedanke an Ronda belebte ihn auf unsanfte Weise.

„Wir müssen ihnen hinterher", sagte Anjou. Er sprach die Worte bewusst laut. Er wollte nicht auf Drachenart „reden". Es wäre ihm wie ein Verrat an seiner Freundin vorgekommen. Anjou wollte gar nicht darüber nachdenken, was der Schwarze Ritter mit ihr anstellte, wenn Rondas Volk die Burg der Spiegel vor ihm erreichte. Die letzte Spiegelschau steckte ihm noch in den Knochen. Seine Mutter lebte zwar noch, aber offenbar nur, weil sich der Herrscher über Fremdland Hilfe oder Heilung von ihr erhoffte. Bei Ronda war das anders. Sie galt als Verräterin. Er durfte keine Zeit verlieren, wenn er sie noch vor Erreichen der Burg befreien wollte.

Behände zog er sich auf den Rücken des Drachen und drückte seine Schenkel in seine Flanken.

Wer kopflos vorwärts stürmen will, bekommt oft Gegenwind durch Drill. Die ungezähmte Wut tut keinem Wesen wirklich gut, willst du den Ritter zwingen, dann nicht auf ihren Schwingen. Wenn du dir reinen Zorn erlaubst, kannst du nicht han-

> *deln, wie du glaubst. Nimm deinen Unmut ruhiger wahr und krümme in ihm nicht ein Haar, dann stehst du nie im Regen und kannst die Welt bewegen allein durch jene große Kraft, die weder Schmerz noch Leiden schafft.*

Anjou hätte am liebsten den Drachengesang ignoriert, aber der Singsang war unmittelbarer und eindringlicher als Rondas belehrende Stimme es je sein konnte. Selbst wenn er sich die Ohren zuhielt, würde er ihn noch hören. Außerdem musste er tief im Innern zugeben, dass der Drache recht hatte. Wut machte genauso blind, wie das „Nicht-in-den-Spiegel-Schauen". Anjou atmete tief ein und aus. Fast musste er über sich selber lachen, weil er dabei so schnaufte wie der Drache. Er merkte, dass er ruhiger wurde. Jetzt musste er den Drachen nur noch dazu bewegen, sofort Kurs auf die Burg zu nehmen.

> *Du wirst die Burg nur finden, kannst du dein Drängen überwinden. Geduld ist eine Zier und hier in Fremdland deine Tür.*

Obwohl es Anjou schwerfiel, sein Drängen nach der Burg im Zaum zu halten, hörte er augenblicklich auf, seine Schenkel dem Drachen in die Flanken zu hämmern. Dabei merkte er, wie nicht nur der Drache aufatmete, sondern auch ihm ein wenig leichter ums Herz wurde. Mit einem Mal kam ihm eine Idee.

„Wie wäre es, wenn du das Tempo bestimmst und ich dafür sorge, wo es langgeht?"

Ein guter Kompromiss mir scheint und obendrein ein Element, das schon die Lösung kennt. Da deine Wut schon gleich verraucht, werd ich gleich sein, wo ich gebraucht.

Anjou schaute in die Ferne. Hinter der Rußwolke konnte er einen schwarzen Punkt ausmachen, der immer kleiner wurde. Der Krähenschwarm, dachte er.

„Wir folgen dem schwarzen Punkt", wies er den Drachen an, welcher sich augenblicklich in Bewegung setzte. Er stampfte erst langsam, dann immer schneller durch das kugelbuschige Gelände. Krampfhaft hielt sich Anjou an einer Rückenzacke fest, um nicht kopfüber ins Gelände zu segeln. Der Drache wollte doch nicht allen Ernstes den ganzen Weg laufen? Wozu hatten Drachen denn Flügel?

Als Antwort vernahm Anjou ein Knistern, wie von Pergament, das zu lange zusammengefaltet gewesen war. Kaum waren die Flügel vollständig ausgebreitet, erhob sich der Drache mit mächtigen Schwingen in die Lüfte. Anjous Füße fanden zusätzlichen Halt auf der ledrigen Haut und er fühlte eine Leichtigkeit wie nach einem herzhaften Lachen. Die Luft wirbelte durch sein Haar und strich sanft über seine geschundene Haut. Er schloss die Augen und für einen Moment vergaß Anjou, warum er überhaupt hier war und wo er hinwollte. Er fühlte sich einfach nur frei.

Als er die Augen wieder öffnete, hatte sich der schwarze Punkt bereits in Krähen verwandelt, so nahe waren sie dem Schwarm gekommen. Anjou frohlockte. Bei dem

Tempo, das der Drache vorlegte, würde er der Zeit ein Schnippchen schlagen. Wenn er es geschickt anstellte, konnte er durch die Verfolgung schneller bei der Burg sein, als gedacht. Beinahe wäre er den Krähen sogar dankbar gewesen, dass sie ihn geradewegs zum Ziel führten. Dieses Mal hatte Ronda sich getäuscht. Von wegen Geburtstag! Er würde schon vorher da sein. Im Geiste hatte er sein Ziel praktisch schon erreicht. Komisch war nur, dass er so schwitzte. Oder war die Luft um ihn herum nur feuchter geworden? Egal, Ronda rückte in greifbare Nähe und damit auch bald die Burg mit seiner Mutter. Halt durch, ich komme, dachte Anjou und bedauerte es zum ersten Mal, dass weder seine Mutter noch seine gefiederte Freundin seine Gedanken hörten. Der Drache schnaufte, als wollte er diese Bedauerlichkeit unterstreichen.

Gerade wollte Anjou den Drachen zum Endspurt auf die Krähen ermuntern, da teilte sich vor ihm der Schwarm. Wie ein sich öffnender Reißverschluss flogen die Krähen auseinander. Eine Hälfte drehte nach links ab, die andere nach rechts und Anjou war noch zu weit entfernt, um sehen zu können, in welchem der beiden Teile sich Ronda befand. Rechts oder links? Wohin sollte er den Drachen lenken? Was, wenn sie dem falschen Schwarm folgten? Plötzlich hatte Anjou Angst. Sofort sackte der Drache ab. Nein, bitte nicht das auch noch, dachte Anjou verzweifelt. Da taumelte der Drache schon dem Boden entgegen.

Entscheidungen sind wichtig. Zu denken, ob sie richtig jedoch ist gänzlich nichtig und wenn du sie getroffen, kannst du für immer hoffen, der Weg den du jetzt gehst, ist jener, den du stehst.

„Leichter gesingsangt, als getan. Die falsche Entscheidung kann Ronda das Leben kosten."

Entscheiden heißt ein Schwert zu ziehn, auf dessen Klinge Wunder blühn. Viel schlimmer ist Vermeidung, weil sie nur Zeitvergeudung im großen Spiel des Lebens ist wählen nie vergebens. Denn eines musst du wissen: liegt dir die Wahl zu Füßen, dann endet mit Entscheidung auch zeitengleich Verkleidung und Masken können fallen, bis du am Ende dorten bist, wo dich dein Ziel schon wartend grüßt.

Anjou fasste sich ein Herz und sagte ohne weiter nachzudenken: „Nach rechts."

Der Drache reagierte prompt und legte wieder an Geschwindigkeit zu. Mit geradem Drachenhals jagte er der halbierten Vogelwolke hinterher, die nach rechts geflogen war. Der Schwarm wirkte mit einem Mal viel heller, seltsam verwaschen. Dann verschwand er ganz und Anjou konnte plötzlich die Hand nicht mehr vor Augen sehen. Kalte Feuchte biss unangenehm auf seiner Haut. Selbst das heiße Schnaufen des Drachen schaffte nur kurzfristig löchrige Weitblicke durch diesen ansonsten dichten Nebel. Die zwielichtige Suppe hatte die Krähen verschluckt und alle Klarheit war beseitigt. Anjou blickte buchstäblich nicht mehr durch. Auch der Drache schien das zu spüren. Er wurde merklich langsamer und sank dabei unaufhaltsam dem Boden entgegen. Anjou hatte die Krähen unterschätzt und Ronda und die Burg schienen erneut so fern wie ein einsamer Stern am Nachthimmel.

Das ist nicht mehr zu toppen, das ritterschwarze Federvieh versucht im Zwielicht uns zu stoppen.

Der Drache zischte wie ein Dampfkessel, dann platschte es und Anjou rieb sich den Steiß. Der Drache hatte offenbar am Boden aufgesetzt. Unter seinen Füßen schmatzte es. Dieser Ort war das Gegenteil von einer Wüstenlandschaft. Winzige Wassertröpfchen lagen in der Luft und ließen Anjou frösteln. Lauwarmer Rauch stieg aus den Drachennüstern auf und blieb schlaff im Nebel hängen. Was hatte Ronda über Feuerdrachen gesagt? Dass Wasser sie schwächte. Wir sind ein großartiges Gespann, dachte Anjou sarkastisch. Wohin sollte er sich wenden? Mit Rondas Verschwinden schien ihm ein ganzes Stück Weitsicht verloren gegangen zu sein. Er schaute sich um, versuchte, weiter zu schauen als bis zum Drachenkopf. In dieser sumpfig-nebligen Landschaft gab es tatsächlich kaum richtungsweisende Anhaltspunkte. Alles waberte so vor sich hin und wirkte konturlos wie der Körper einer übergewichtigen Seekuh. Hier und da konnte Anjou am Wegesrand seltsam verdrehte Gewächse ausmachen, die in- und umeinander verschlungen links und rechts ein nicht enden wollendes Spalier bildeten. Ihre genaue Größe ließ sich nur ahnen, denn das obere Ende lag im Nebel.

Du bist der Burg schon nah gekommen, doch ist die Schlacht noch nicht gewonnen.

Schon klar, dachte Anjou und schüttelte missmutig den Kopf. Dennoch hatte der Singsang etwas Elektrisierendes. Sie waren der Burg trotz allem näher gekommen. Der Drache kannte sich in Fremdland also auch aus. Mit einem Mal fühlte sich Anjou etwas besser, auch wenn ihm noch nicht klar war, wie er mit einem Drachen, dessen Feuer dahin simmerte wie ein altersschwaches Glühwürmchen, aus diesem zwielichtigen Nebel schnellstmöglich hinaus finden sollte. Trotzdem sagte er schon mal laut und mit Überzeugung: „Ich sehe jetzt ganz klar."

Kraft dieses Glaubens stapfte der Drache los. Anjou murmelte mit jedem Schmatzer, der vom Boden zu ihm heraufdrang, mantrenartig „Ich sehe klar – ich sehe klar" vor sich hin. Da drangen plötzlich leise Töne an sein Ohr. Dumpf klagten sie durch den Nebel und erzeugten bei Anjou eine Gänsehaut. Ich will gar nicht so genau wissen, wer oder was diese Laute von sich gibt, dachte Anjou und steckte sich die Finger in die Ohren.

Nicht sehen und nicht hören kann manchmal sehr verstören. Willst du dich selbst regieren und keine Kraft verlieren, ist's schlau, wenn du genau geschaut. Das öffnet dir die Türen und wird dich dahin führen, wo deiner Wahrheit Heimat ist und du für immer sicher bist.

Anjou wurde jedweden Kommentars enthoben. Verblüfft blickte er auf die zierliche Gestalt eines jungen Mädchens, die keine halbe Drachenlänge von ihnen am Weg stand. Ihr weißes Kleid verschmolz fast zu einer Einheit mit dem Nebel, sodass das Gesicht seltsam körperlos wirkte.

„Wer seid ihr?", fragte es traurig-melodisch.

„Ich bin Anjou und das ist mein Drache", stammelte Anjou überrascht und wies erst auf sich und dann auf den Drachen. Er kam sich dabei ziemlich albern vor. Das Mädchen trat dicht an den Drachen heran. Von unten schaute es mit wachen Augen zu ihm hoch.

Anjou, der froh war, in diesem Nebel auf ein menschliches Wesen zu treffen, ließ sich vom Drachen zu Boden gleiten. Sofort sanken seine Füße ein wenig ein und wurden gierig umschmatzt. Während Anjou angewidert das Gesicht verzog, schien die schleimige Feuchte dem Mädchen wenig auszumachen.

„Und wer bist du?", fragte Anjou, weil ihm nichts Besseres einfiel.

„Ich weiß meinen Namen nicht mehr – hab ihn vor langer Zeit hinter mir gelassen", antwortete das Mädchen.

Was für eine seltsame Antwort, dachte Anjou und musterte das Mädchen neugierig. Sie war etwa so groß wie er. Ihre Gesichtszüge waren fein, aber asketisch. Irgendwie kam sie ihm vertraut vor. Wo hatte er ihr Gesicht schon gesehen?

Plötzlich wusste er es. Sie war zwar älter geworden, aber sie war das Mädchen, seine Cousine, die Kleine, die gestorben war und die kraft ihrer Mutter mit Hilfe des Spiegels zurückgeholt worden war. Was hatte Ronda über sie gesagt? Sie sei eines Tages spurlos verschwunden? Nun, nicht ganz. Sie war hier – in Fremdland. Sie lebte also immer noch und wirkte kaum älter als er. Er würde sie gern näher kennenlernen.

Wesentliches ist unsichtbar, das mach dir immer wieder klar. Dein Ziel ist nicht zu plaudern und wenig hilfreich zaudern. Sag das, was dir am Herzen liegt und nicht, was deine Neugier wiegt. Informationen sind wie Bohnen, in denen manchmal Käfer wohnen, die Keimlinge ersticken, bevor sie Licht erblicken. Drum frage zügig mit Bedacht und nur, was dich auch klüger macht.

Anjou erschrak. Der Drache hatte recht. Für eine nette Plauderstunde mit dem Mädchen war keine Zeit.

„Was machst du hier? Wo willst du hin?", fragte Anjou deshalb geradeheraus.

„Hab es zu Hause nicht mehr ausgehalten. Bin in einen Brunnen gesprungen, wollte sterben, aber bin stattdessen hier gelandet. Seitdem warte ich." Das Mädchen seufzte und schlug die Augen nieder.

„Warten? Worauf denn?", fragte Anjou erstaunt.

„Auf den, der mir den Weg zeigt. Wieder und wieder hab ich versucht, den Weg zu finden, aber ich bin immer wieder im Nebel gelandet. Hast du Krähen gesehen?", fragte das Mädchen zusammenhangslos.

Sie kennt die Diener des Schwarzen Ritters also auch, dachte Anjou. Laut antwortete er: „Ja. Wegen ihnen bin ich hier. Die Krähen haben mich in diesen Nebel gelockt, um mich abzuhängen. Ich muss schnellstens zur Burg der Spiegel. Und ehrlich gesagt, hatte ich gehofft, dass du mir den Weg weisen könntest, nicht umgekehrt", antwortete Anjou leise.

„Zur Burg der Spiegel? Von der weiß ich nichts. Ich will nur nach Hause. Aber dieser Nebel führt mich an der Nase herum. Wo immer ich auch hingehe, irgendwann bin ich wieder am Ausgangspunkt, nämlich hier." Bei dem Wort „hier" wies sie mit ausladenden und nach oben geöffneten Handflächen in den zwielichtigen Nebel.

„Willst du mir nicht ein wenig Gesellschaft leisten?", fragte das Mädchen mit trauriger Stimme.

Liebend gern, hätte Anjou am liebsten geantwortet, aber der Drache quiemelte lautstark und feuchter Ruß rann ihm schnoddrig aus den Nüstern. Keine Plauderei, ich weiß, dachte Anjou. Er zog die Augenbrauen zusammen. Das Mädchen schaute ihn immer noch fragend an. Nicht ablenken lassen, dachte er, konzentriere dich auf das Wesentliche. Plötzlich lächelte er. Natürlich! Er fingerte in die Hosentasche und zog triumphierend die Spiegelscherbe hervor. Das Mädchen zog die Augenbrauen hoch.

„Was hast du da?"

„Wenn du den Weg nicht weißt und ich den Weg nicht

weiß – dieses kleine Bruchstück von einem Spiegel wird ihn uns zeigen", erklärte er. Flog da ein Schatten über das Gesicht des Mädchens? „Keine Angst, ich weiß, was ich tue." Mit diesen Worten senkte Anjou den Blick und vertiefte sich in die Spiegelscherbe. Zunächst war da genau so viel Nebel wie in der zwielichtigen Landschaft, in der er sich befand. Er wartete ohne zu wollen. Schnell bekamen die Nebelschwaden etwas Fließendes und zeigten einen Fluss, der kraftvoll dahin floss. Auf der anderen Seite war der Nebel verschwunden. Anjou wartete, aber es blieb bei diesem einen Bild. Kurz darauf tauchte er aus der Spiegelschau auf.

„Es muss hier einen Fluss geben."

„Ja, ich weiß. Ich war viele Male dort. Einmal habe ich versucht hinüberzukommen, aber er ist für mich zu tief. Ich musste umkehren. Ich kann nämlich nicht schwimmen."

Anjou war sich sicher: Wo der Fluss war, war der Weg. Sonst hätte der Spiegel ihm etwas anderes gezeigt.

„Gemeinsam schaffen wir es", sagte er zuversichtlich. „Also, wo genau geht es lang?", fragte er und tätschelte dabei den müden Drachen. Das Mädchen zuckte die Schultern.

„Egal, einfach immer weiter."

„Na, dann los." Seite an Seite ging er mit dem Mädchen tiefer in den Nebel hinein, während der Drache ihnen schnaufelnd hinterhertrottete. Anjou blickte verstohlen zur Seite. Er wollte sich keinen Spekulationen hingeben, deshalb fragte er geradeheraus: „Also, was ist los? Ich meine, du scheinst irgendwie nicht richtig glücklich. Mit dem Leben und so", sagte er und fand das eigentlich noch untertrieben in Anbetracht der Tatsache, dass das Mädchen sich durch den Sprung in den Brunnen das Leben hatte nehmen wollen.

„Pah, Leben. Das, was du ‚Leben' nennst, ist nur eine Seite der Medaille", antwortete das Mädchen rätselhaft.

„Was meinst du damit?"

„Ich meine, dass der Tod die andere Seite ist und ich meinen Weg nur fortsetzen kann, wenn ich diese andere Seite endlich erreiche."

„Äh, wie bitte? Heißt das, du willst immer noch sterben?"

„Leben, Sterben. Im Grunde geht es darum, auf dem Weg zu bleiben, mal diesseits, mal jenseits. Ich hätte schon längst ‚drüben' sein können, wäre meine Mutter nicht gewesen." Das Mädchen seufzte tief.

Ich weiß, ich war dabei, dachte Anjou, sagte aber nichts. Das Mädchen schien froh zu sein, endlich mal jemanden zu haben, der genau hinhörte.

„Der Tod ist einem Spiegel sehr ähnlich, weißt du das?"

Nein, das wusste Anjou nicht, aber die Frage war ohnehin nur rhetorisch gemeint, denn das Mädchen redete gleich weiter.

„So wie der Spiegel uns reflektiert und uns zur Selbsterkenntnis führt, ist auch der Tod nur eine Reflexion. Eine Reflexion, die er auf das Leben wirft, damit wir uns erkennen können. Ähnlich wie im Spiegel, nur allumfassender. Aber immer hat es mit Selbsterkenntnis zu tun. Im

Spiegel blicken wir auf das, was unmittelbar vor uns liegt. Im Tod blicken wir auf die Ewigkeit, die in uns liegt. Der Tod beendet nichts und er beginnt auch nichts, er löscht nur aus."

„Löscht aus? Was löscht er aus?"

„Die Illusionen. Die Lebenslügen. Das, was nicht wichtig ist. Der Tod bereinigt. Schafft Raum. Befreit. Und ich war so nah dran." Das Mädchen hielt Daumen und Zeigefinger so dicht aneinander, dass kaum ein Blatt Papier dazwischen passte. Eine einsame Träne rollte über ihre Wange.

„Nur im Angesicht des Todes können wir erkennen, was Leben wirklich bedeutet. Der Tod ist ein Freund, der nichts nimmt, sondern etwas gibt."

„GIBT?" Ein geplätteter Frosch hätte nicht sparsamer gucken können als Anjou.

„Ja, gibt. Der Tod gibt Sinn – dem Leben selbst und all jenen, die mitten im Leben stehen." Das Mädchen schaute in eine Nebelschwade, als würde dort gleich jene Präsenz hervortreten, von der sie so eindringlich sprach.

„Ich hätte meiner Mutter so viel geben können, wenn sie mich hätte gehen lassen – und dir wäre einiges erspart geblieben", fuhr das Mädchen traurig lächelnd fort.

„Aber du warst ein Kind. Du hattest dein ganzes Leben noch vor dir. Wie konnte denn deine Mutter einfach zusehen, wie du stirbst, wenn sie doch die Macht hatte, dich zu retten?"

Das Mädchen schüttelte den Kopf.

„Du weißt ja erstaunlich wenig vom Leben. Nur, weil

mein Körper klein war und meine Menschenjahre weniger an der Zahl als Finger an einer Hand, heißt das doch nicht, dass ich zu *jung* bin, um weiterzugehen. Im Gegenteil. Ich bin schon viele Male auf Erden gewandelt und daran gereift – geübt im Werden und Vergehen. Ein junger Körper mag darüber hinwegtäuschen, aber wer nicht nur auf das Äußere achtet, verwechselt das Wesen nicht mehr mit der Verpackung. Reife Seelen wie ich sind Grenzgänger. Sie können Grenzen schneller hinter sich lassen als andere. Im Leben wie im Tod. Meine Mutter wusste um diese Dinge. Wenn sie Sterbende begleitete, verglich sie sich selbst gern mit einer Hebamme. Nur umgekehrt. Nicht rein in den Körper, sondern raus aus ihm. Je nachdem, von welcher Seite man schaut, beides ist eine Geburt. Und eine Geburt ist ein Wunder, warum es also verhindern?"

Anjou wusste nicht, was er sagen sollte. Wie war das denn möglich? Auch wenn er nicht alles verstand, was das Mädchen ihm sagte, so berührten ihn die Worte doch auf eine Weise, wie er es noch nie zuvor erlebt hatte. Er fuhr sich verstohlen über die Augen.

„Nur bei ihrer eigenen Tochter konnte sie der Versuchung des Machbaren nicht widerstehen." Das klang bitter.

„Aber ist es nicht verständlich, dass dich deine Mutter bei sich behalten wollte?", wendete Anjou leise ein.

„Verständlich? Vielleicht bei einer unentwickelten und unbewussten Person, aber nicht bei meiner Mutter. Sie war entsprechend vorbereitet. Sie hatte viel Erfahrung im

Umgang mit dem Leben, allein durch den regelmäßigen Blick in den Spiegel. Nein, sie hat einfach nicht widerstehen können und dabei etwas Entscheidendes übersehen."

„Was? Was hat sie übersehen?"

„Worum es eigentlich ging – um Schicksal. Das Schicksal war es, was meine Mutter übersah. Schicksal verweist auf das, was noch fehlt. Zum Heil. Mein Tod hätte meine Mutter ganz werden lassen. ‚Ganz' im Sinne von ‚vollständig'. Sie hätte durch den Schmerz der Trauer hindurchgehen müssen, statt ihn zu vermeiden. Stattdessen versuchte sie klüger zu sein als das Leben, meinte das Schicksal überlisten zu können."

Als könnte das Mädchen immer noch nicht fassen, was ihre Mutter getan hatte, schüttelte es den Kopf. Anjou dachte an Rondas Worte, wie kurzsichtig und dumm es war, gegebene Notwendigkeiten außer Acht zu lassen und mit einem Mal dämmerte ihm, dass die Sicht des Mädchens für ihn bedeutsamer war, als er bisher angenommen hatte.

Als Vierzehnjähriger hatte er sich mit allem möglichen beschäftigt, aber ganz sicher nicht mit Themen wie Schicksal, Tod und Sterben. Aber das Mädchen hatte es offenbar schon getan, als sie noch ein Kind gewesen war und irgendwie fand er das bewundernswert. Trotz seiner fast körperlosen Erscheinung wirkte es auf ihn mit einem Mal weitaus wesentlicher als alle Menschen, die er kannte. Anjou hatte zudem den Eindruck, dass seine Wahrheit ihrer Persönlichkeit eine große Stärke verlieh. Eine Stärke, die ihm noch zu fehlen schien. Was wusste er denn schon vom Leben und seinen Gesetzen?

Das Mädchen schien derweil ganz in sich selbst versunken zu sein. Den Blick geradeaus gerichtet, fuhr sie fort: „Meine Mutter war wirklich klug, aber weise war sie nicht. Wer nicht nur klug, sondern auch weise ist, muss das Schicksal nicht zwingen. Er weiß, dass es auf seiner Seite steht. Immer. Wirklich weise wird nur der, der Schmerz nicht meidet, sondern ihn versöhnt. Dafür gibt es Tränen."

Anjou stolperte über eine Wurzel, die sich im Bodennebel versteckt hielt und der momentane Schmerz rüttelte an den vielen Nächten, die er einsam ins Kissen geweint hatte. Morgens hatte er sich wegen seiner geröteten Augen oft geschämt und „Manjou" als passenden Spitznamen empfunden. Jetzt merkte er plötzlich, wie weit er damit von der Wahrheit entfernt gewesen war: Er war keine Memme. Ganz im Gegenteil.

Als seine Mutter nicht mehr zu ihm zurückgekehrt war, war es für ihn so gewesen, als sei sie gestorben. Seine nächtlichen Tränenergüsse waren also nichts anderes, als sich mit seinem Schmerz zu versöhnen. Es war ihm nur nicht bewusst gewesen. Er hätte das Mädchen umarmen können. Sie hatte ihm eine neue Sicht eröffnet – und das ganz ohne Spiegel.

Wie auch immer der Weg des Mädchens aussehen mochte, wohin er auch führte, sie würde ihr Ziel ganz sicher nicht verfehlen, denn sie wusste scheinbar nicht nur viel vom Leben und seinen Gesetzmäßigkeiten, sie hatte offenbar auch keine Angst. Hinter ihm schnaufte und zischte es lautstark und eine warme Welle voller Feuchte fuhr Anjou über Rücken und Gesäß. Der Drache! Vor lauter Mädchen, Tod und Tiefgang hatte er seinen mächtigen Begleiter fast vergessen. Das Mädchen war stehen geblieben und erst jetzt nahm Anjou wahr, dass sich der Nebel gelichtet und den Blick auf einen breiten Fluss frei gegeben hatte.

„Aah!" entfuhr es Anjou unwillkürlich. Es stimmte: Der Fluss war mächtig breit und es würde nicht einfach sein, auf die andere Seite zu kommen, denn das gerade Flussbett ließ dem Wasser freien Lauf.

Anjou konnte ohne Probleme das gegenüberliegende Ufer sehen. Das Mädchen stand reglos neben ihm, und starrte auf das andere Ufer als könnte sie Kraft ihres Blickes eine tragfähige Brücke nach drüben schlagen. Anjou bückte sich, um seine Hand ins Wasser zu halten. Die Strömung riss sie augenblicklich fort. Selbst für einen guten Schwimmer würde es nicht möglich sein über den Fluss zu schwimmen. Anjou zog die Stirn kraus.

„Ich habe dir ja gesagt, dass es kein Hinüberkommen gibt", sagte das Mädchen. Sie wirkte jetzt wieder so wie am Anfang ihrer Begegnung mit Anjou – traurig und durchdrungen von einer stillen Melancholie. Anjou überlegte. So einfach wollte er sich nicht geschlagen geben.

„Hast du eine Ahnung, wie tief der Fluss ist?", fragte er das Mädchen und schüttelte dabei die letzten Wassertropfen von seiner Hand.

„Am Ufer ist er nur mannstief. Aber bei der starken Strömung nützt uns das nichts."

Wie wahr, dachte Anjou. Trotzdem musste es eine Möglichkeit geben, über diesen Fluss zu kommen.

Ich kann euch rübertragen durch diesen Flüssegraben – auch wenn mir Wasser schaden, so sollten wir es wagen, das Ufer zu erreichen, um nicht wie feuchte Leichen im Zwielicht zu erbleichen.

Anjou jubelte innerlich. Der Drache war der Schlüssel, natürlich – er hatte das Naheliegendste mal wieder übersehen. Wenig Nebel, klare Sicht zum anderen Ufer und ein erstarkender Drache – wenn das keine guten Aussichten waren.

„Wenn der Fluss wirklich nur mannstief ist, dann ist es für den Drachen möglich, uns hinüberzutragen", sagte er daher laut und strich dabei sanft über die schuppige Haut des Drachen. Innerlich dankte er dem Drachen.

„Wir müssen uns nur ein bisschen beeilen, denn Wasser ist für einen Feuerdrachen alles andere als ein Sahnetörtchen."

Das war mehr als eine Untertreibung, aber Anjou wollte das Mädchen nicht ängstigen.

Das Mädchen zögerte. Sie schien zu überlegen, ob es wirklich eine gute Idee war, einen wasserscheuen Drachen zu besteigen. Anjou konnte das zwar gut verstehen, spürte aber jetzt, da alle Lebensgeister wieder in ihm erwacht waren, eine gewisse Ungeduld.

„Wäre es nicht einfacher, wir würden über den Fluss fliegen?" Dabei zeigte das Mädchen auf die zusammengeklappten Flügel.

Zum Fliegen hab ich keine Kraft, der Nebel hat mich sehr erschlafft. Die Kraft, die ich noch habe, könnt nutzen ihr fürs Bade und hoffen, dass auf andrer Seit die Feuchte weicht der Trockenheit.

„Die Kraft des Drachen reicht zum Fliegen noch nicht aus. Wir müssen schon reiten", antwortete Anjou, ohne auf die hochgezogene Augenbraue des Mädchens einzugehen. Er wollte keine Zeit verlieren. Behände schwang er sich auf den Drachenrücken und reichte dem Mädchen entschlossen die Hand. Sie ergriff sie ein wenig zögerlich, doch dann zog sie sich energischer und mit mehr Kraft, als Anjou ihr zugetraut hatte, hinter ihm auf den Drachenrücken. Es war ein merkwürdiges Gefühl, sie direkt im Rücken zu haben. Ungewohnt und auch ein bisschen unheimlich. Als sich der Drache jedoch in Bewegung setzte, richtete Anjou seine Aufmerksamkeit nach vorne. Ihm kam es so vor, als markierte der Fluss eine Grenze zwischen Vergangenheit und naher Zukunft. War diese Grenzüberschreitung dann nicht auch so etwas wie ein kleiner Tod, bei dem ein Stück Unwissenheit starb? Was würde ihn am anderen Ufer erwarten? Ein anderes Leben? Ein tiefes Leben? Ein leichtes Leben?

„Huuh – uups!"

Das Mädchen umschlang Anjous Hüften, als der Drache von der Uferböschung geräuschvoll ins Wasser plumpste. Für einen Moment zweifelte Anjou, ob das wirklich eine gute Idee gewesen war, mit dem Drachen in den Fluss zu steigen. Augenblicklich strauchelte der Drache und knickte mit den Vorderfüßen ein. Sofort zerrte die Strömung an dem massigen Körper, trieb ihn ein Stück stromabwärts, bis er schließlich wieder Grund unter seinen Krallen hatte. Anjou atmete auf und vermied jeden ängstlichen Gedanken. Stattdessen fokussierte er das andere Ufer und nährte in sich die Überzeugung, dass sie drüben sicher ankamen. Sie hatten etwa die Mitte erreicht, als der Drache plötzlich laut zu schnaufen begann. Die bebenden Nüstern rußten und schwarze Partikel hinterließen im Wasser eine Spur, die in der Strömung schlangengleich davon floss.

„Du schaffst es!", feuerte Anjou den Drachen an. „Nur noch ein paar Meter!"

Wir werden nicht ertrinken, noch in die Fluten sinken, so lang in mir der Funke lebt, der nach des Höchsten Willen strebt.

Mit diesem Singsang warf der Drache seinen langen Hals auf das Ufer und grub seine Zähne in den Boden. Dann zog er seinen schweren Leib mitsamt seiner „Fracht" an Land, während der Ufersaum unter ihm wegbröckelte. Mit einem Ächzen streckte der Drache alle Viere von sich und landete platt auf dem Bauch. Anjou und das Mädchen sprangen gleichzeitig zu Boden und umrundeten den Drachen, der verstärkt zu dampfen begann. Sofort war die Sicht so neblig wie am anderen Ufer. Es würde eine Weile dauern, bis der Drache wieder ganz Feuer und Flamme war.

Anjou drehte sich zu dem Mädchen um. Sie war ein

paar Schritte zurückgetreten. Er wollte gerade auf sie zugehen, da hörte er über sich ein Krächzen. Ehe er einen Laut von sich geben konnte, stürzten ein Dutzend Krähen aus dem Wasserdampf hernieder und flatternd und hüpfend gruppierten sie sich um ihn und das Mädchen. Wenn Anjou nicht riskieren wollte, gehackt zu werden, musste er wohl oder übel an Ort und Stelle bleiben. Immer mehr Krähen tauchten jetzt auf und einige hatten ein riesiges Netz in ihren Krallen, das sie wie ein löchriges Dach über dem Drachen aufspannten. Dann landeten die Netzträger und ohnmächtig musste Anjou zusehen, wie sie es dem schwächelnden Drachen überwarfen und es am Boden mit Krallen und Schnäbeln festhielten.

„Nein!", rief Anjou hilflos. Das konnte doch alles nicht wahr sein. Sie waren in einen Hinterhalt getappt. Die Krähen hatten nur abwarten müssen, bis er und das Mädchen ihnen von selbst in die Arme gelaufen kamen.

In seinem Rücken schepperte es laut. Anjou fuhr herum und wäre beinahe lang hingeschlagen.

„Der Drache! Feucht halten!", dröhnte die Stimme, die Anjou bisher nur einmal gehört hatte, die er jedoch niemals vergessen würde. Direkt neben dem Mädchen saß hoch zu Ross der Schwarze Ritter und sah zu, wie seinem Befehl umgehend Folge geleistet wurde. Während sich eine Handvoll Krähen mit kleinen Gefäßen, die sie in den Krallen mit sich führten, zum Fluss begaben, beugte sich die wohl dunkelste Gestalt Fremdlands hinunter und streckte seine Hand dem Mädchen hin.

„Nicht bewegen! Widerstand ist zwecklos. Die Krähen.

Ihre Schnäbel hacken tiefer in deine Haut als ein Eispickel in einen Eisklotz." Diese Worte galten ihm und Anjou glaubte der kalten Stimme jedes Wort. Dennoch versuchte er das Zittern seiner Knie zu ignorieren und zwang sich zu einer aufrechten Haltung.

Ansonsten hielt er es für klüger, das zu tun, was er schon die ganze Zeit getan hatte: Nichts. Ganz anders das Mädchen. Langsam und von den Krähen unbehelligt ging es auf die ausgestreckte Hand des Schwarzen Ritters zu. Anjou, der blitzschnell dachte, dass lebensmüde Menschen manchmal auf die abstrusesten Ideen verfielen, wollte gerade losbrüllen, da würgten ihn die Worte des Schwarzen Ritters ab, bevor ihm auch nur ein Laut von den Lippen kam.

„Danke, Schwesterherz. Gut gemacht."

Das Mädchen ergriff wortlos die ausgestreckte Hand ihres Bruders und ließ sich auf den Rappen heben.

In Anjous Hirn summte ein ganzer Bienenschwarm zusammenhangloser Gedanken. Was war hier los? Hatte das Mädchen, seine Cousine, von Anfang an ein falsches Spiel mit ihm gespielt? War er so naiv gewesen, nichts von der Hinterlist zu merken? Fassungslos starrte er auf das Mädchen, das über ihn wegsah, als wäre er nicht vorhanden. Zahlreiche Krähen hockten sich zwischen ihn und seinen Häscher. Der Drache schnaufte leise bei jedem Eimer Wasser, den die Krähen über ihm vergossen. Anjou brauchte kein Hellseher zu sein, um zu wissen, dass der Drache in nächster Zeit keinen Schritt vor den anderen setzen würde.

„Zur Burg!"

Anjou rührte sich nicht. Seine Glieder starrten vor Schock. Sofort stürzten sich ein paar Krähen auf ihn. Durch den Schmerz aus seiner Lethargie gerissen, begann er ungelenk einen Fuß vor den anderen zu setzen. Während die Krähen eine Gasse bildeten, stakste er zutiefst erschüttert seiner ungewissen Zukunft entgegen.

Die Burg der Spiegel

Anjou war in die Falle des Mädchens getappt wie ein dummer Junge. War er wirklich so naiv? Bei diesem Gedanken fingen seine Wangen an zu brennen – ob vor Scham oder vor Wut, wusste er selber nicht. Er hatte alles verloren – seine Mutter, Ronda und jetzt auch noch den Drachen.

Verzage nicht und klage nicht und lass dich überraschen. Denn erst, wenn du am Ende bist, kannst du die Früchte naschen, die dir das Leben hochgehängt, damit dein Wesen weiser denkt als and're Plaudertaschen.

Anjou konnte gerade noch einen Freudenschrei unterdrücken. Er jubelte innerlich über diesen lautlosen Singsang, der in seine trüben Gedanken einfiel. Der Drache hatte recht: Er würde sich keinen Gefallen tun, wenn er vor sich hin wimmerte wie eine kranke Trillerpfeife. Aber wieso konnte er den Drachen überhaupt noch hören? Er war doch gar nicht mehr in seiner Nähe.

Gedanken lesen ist vom Wesen bekanntermaßen wie ein Besen, der Raum und Zeit beiseitekehrt, um Botschaften zu schicken, ohne Distanz zu überbrücken. Das ist das kleine Einmaleins der Nonverbalität, doch wie ich schon so oft beklagt, ihr Menschen lernt erst spät.

Dieser Drache war wirklich unglaublich! Trotz seiner misslichen Lage strotzte er vor Selbstbewusstsein. Anjou spürte, wie auch seine Lebensgeister wieder erwachten. Bisher hatte er kaum Notiz von seiner Umgebung genommen, sondern war hängenden Hauptes seinem Häscher gefolgt. Jetzt hob er den Blick. Kein Lüftchen regte sich. Doch selbst dann, wenn ein Wind gegangen wäre, hätte er nichts gefunden, was es wert gewesen wäre, damit zu spielen. Dieser Landstrich war nicht nur karg, sondern öde und dabei so trocken wie ein zerbrochener Krug. Gähnende Leere, so weit der Blick reichte. Endlos. Der ganze Krähen-Tross schien sich durch ein Vakuum zu bewegen, dessen Monotonie nur durch das gleichmäßige Hufgeklapper des Pferdes vom Schwarzen Ritter unterbrochen wurde. Anjou blieb nichts anderes übrig, als Schritt um Schritt weiterzugehen und sich darin zu üben, nicht in Selbstmitleid zu versinken.

Er wusste nicht, wie lange er im Schlepp des Schwarzen Ritters dahin getrottet war, als am Horizont ein mattsilbernes Gebilde auftauchte, das einem Rechteck mit Turm ähnelte. Anjous Herz machte einen Hüpfer. Die Burg der Spiegel! Sein Wunsch, sie zu erreichen, erfüllte sich gerade. Leider etwas anders, als erwartet, denn er würde keineswegs als strahlender Held in die Burg vordringen, sondern als Gefangener. Von wegen Retter der Welt. Er dachte an seine Mutter. Wie sollte er sie jetzt noch befreien? Wie Ronda retten? Möglicherweise lebte sie schon nicht mehr. In seinen Eingeweiden rumorte es. Der Gedanke, dass er möglicherweise zu spät kam, bereitete ihm Bauchschmerzen.

Wer Meisterschaft erlangen will, der muss all seine Ungebill geduldig untergraben, bis ihm durch seine Gaben das Höchste deucht, wozu es reicht, sich Gleichmut zu bewahren.

Anjou blieb keine Zeit, über den Singsang des Drachen nachzudenken. Sie hatten die Burg jetzt fast erreicht und Anjou stellte erstaunt fest, dass das gesamte Bollwerk über und über mit Spiegeln verkleidet war. Den runden, eckigen und zum Teil kunstvoll verzierten Spiegeln war eines gemein: Sie waren allesamt blind. Ein Tor, so schmal, dass es zwischen all den Spiegeln kaum auffiel und gerade breit genug für Ross und Reiter war, führte ins Innere der Burg. Anjou hielt unwillkürlich den Atem an, als er von einer Schar Krähen begleitet über die Schwelle in den Burghof trat.

Stille umfing ihn. Wohin er auch blickte, sah er Spiegel. Jede Mauer war damit verkleidet und nur die nicht passgenauen Formen ließen ein Stück Stein sichtbar werden. Alle Spiegel waren ganz, und aus einem für Anjou unerfindlichen Grund fand er das beruhigend. Dagegen wirkten die vielen Krähen, die den Burghof bevölkerten, beklemmend.

In der Mitte des Burghofes erhob sich ein flaches Gebäude, an das ein rechteckiger Turm grenzte. In etwa zwei Metern Höhe ragte eine Fahnenstange aus dem Mauerwerk. An ihr hing ein rundes Drahtgestell von etwa einem halben Meter Durchmesser. Das ganze Gebilde erinnerte Anjou an einen Galgen, mit dem Unterschied, dass die Schlinge ein Käfig war, der einen lebenden Insassen hatte: Ronda. Die kleine Krähe kauerte innerhalb des hässlichen Drahtgestells mit verdrehten Flügeln am Boden. Anjou hatte das Gefühl, mit Eiswasser übergossen zu werden. Er stöhnte laut auf.

Der Schwarze Ritter sprang vor ihm vom Pferd und das Mädchen tat es ihm nach.

„Verräterin!", dröhnte der Schwarze Ritter zum Käfig und zu Anjou gewandt: „Morgen stirbt sie, und zwar durch deine Hand."

Ein paar Krähen schlugen mit ihren schwarzen Flügeln, als wollten sie Beifall klatschen. Anjou schaute sich verzweifelt um. Kein Brunnen. Keine Fluchtmöglichkeit.

„Denke nicht einmal daran", drohte die kalte Stimme. „Nur ein Schritt in die falsche Richtung und meine Krähen sind schneller auf dir, als du deinen Namen sprechen kannst. Wo ich herrsche, endet die Freiheit."

Anjou presste die Lippen aufeinander. Er zwang sich, nichts Unbedachtes zu tun.

„Zum Quartier!" Der Schwarze Ritter winkte mit einer Hand herrisch zum Turm. Sofort glitt das Mädchen neben Anjou und nahm ihn wortlos beim Arm. Er hätte ihr am liebsten eine schallende Ohrfeige verpasst, beherrschte sich angesichts der vielen Krähen aber. Sie schienen nur darauf zu warten, dass er etwas Unüberlegtes tat.

Das Mädchen dirigierte ihn über den Hof zu einer in den Turm eingelassenen Tür. Auch sie war mit Spiegeln verhangen, jedoch zusätzlich von außen mit einem Balken verriegelt. Als das Mädchen diesen zur Seite schob, schwang die Tür knarrend nach innen auf. Gerade wollte Anjou eintreten, da hielt ihn das Mädchen zurück.

„Die Scherbe." Fordernd streckte sie ihre Hand aus. Zähneknirschend zog Anjou das Utensil aus seiner Hosentasche und überließ es ihr. Dann trat er über die Schwelle.

Kaum hatte er einen Schritt in das Halbdunkel gemacht, fiel die Tür hinter ihm zu. Jetzt, da er Ronda nicht mehr vor Augen hatte, konnte er sich sogar ein wenig entspannen. Er atmete auf. Die Luft schmeckte schal und reizte seine Kehle. Eine kleine, rechteckige Öffnung, gerade so breit, dass genug Licht in den Raum fallen konnte, um den Raum ein wenig zu erhellen, befand sich gegenüber der Tür auf Augenhöhe. Anjou sah auf das Lager, das sich links neben dem kleinen Lichteinfall befand.

Auf dem Boden lag auf schmuddeligen Decken seine Mutter. Anjou erkannte sie sofort. Er blickte entsetzt auf blondes, verfilztes Haar, eingefallene Wangen und vor Schmutz starrende Kleider. Er biss sich auf die Lippe. So hatte er sich ein Wiedersehen mit ihr nicht vorgestellt.

„Du bist also gekommen."

Aus wachen Augen stahl sich auf das schmale Gesicht ein wissendes Lächeln.

Anjou schluckte und seine Augen wurden feucht, dann

beugte er sich zu ihr hinunter.

„Was hat er dir nur angetan? Was?", stammelte er und berührte eine Stelle an ihrem Arm, die erst kürzlich verheilt war. Ihre knochige Hand strich Anjou tröstend über seine tränennasse Wange.

Er nahm ihre Hand. Die Haut war vernarbt, pergamentartig und dünn und er merkte, wie er wütend wurde.

„Was will der Schwarze Ritter von dir?", fragte er aufgebracht. „Wieso tut er dir das an?"

„Im tiefsten Grunde seines Wesens will er erkennen und sehen, was vor ihm liegt und in ihm ist", antwortete Anjous Mutter. „Aber das geht nicht einfach so und das macht ihn wütend. Und wie die meisten Menschen, die nicht erkennen können, was vor ihnen liegt, machen sie einen anderen dafür verantwortlich – in diesem Falle mich. Die Krähen handeln auf seinen Befehl und hacken auch schon mal zu, wenn ihn die Wut überkommt."

Anjou stellten sich die Nackenhaare hoch. Anhand der Narben, die die Arme seiner Mutter verunstalteten, konnte er sich lebhaft vorstellen, was das bedeutete.

„Ihm fehlt der Schlüssel", fuhr seine Mutter so gelassen fort, als spräche sie über das Wetter.

„‚Schlüssel'? Du meinst wohl ‚Spiegel'?"

„Nein, ich meine ‚Schlüssel'. Jeder besitzt ihn, kaum einer nutzt ihn, aber der Schwarze Ritter hat ihn vergessen", fuhr Anjous Mutter leise fort und zog sanft ihre Hand zurück.

„Und was ist das für ein Schlüssel?"

„Die Fähigkeit zur Selbstliebe."

„Selbstliebe?"

„Ja. Sie ist unerlässlich, um zu verstehen, wer man selber ist." Sie holte tief Luft. „Ich habe selbst einige Zeit gebraucht, um das in aller Tiefe zu begreifen." Anjous Mutter seufzte.

Anjou presste die Lippen zusammen und schüttelte leicht den Kopf. Seine Mutter klang, als würde sie den Schwarzen Ritter bedauern. Sie war offenbar schon zu lange auf dieser Burg. Er setzte sich auf den Boden. Schweigend starrte er ins finsterste Eck, als könnte er dort einen Plan aus dem Dunkel ziehen, wie er seine Mutter zusammen mit Ronda heil von der Burg bekam. Plötzlich verzog sich sein Mund zu einem schmalen Lächeln.

„Wenn er kommt, sage ich, dass ich ihm geben kann, was er sucht", sagte Anjou dumpf. Er war wild entschlossen, den Schwarzen Ritter hinterrücks zu überfallen, auch wenn ihm bisher nicht klar war, wie er das anstellen sollte.

„In gewisser Weise kannst du das auch", ein kurzes Lächeln huschte über das Gesicht seiner Mutter.

„Wie bitte?" Anjou war fassungslos.

„Ja, du hast richtig gehört. Morgen geht es um Leben und Tod, die beste Voraussetzung für eine Große Vision. Wer sie erlebt, kann einen großen Entwicklungsschritt machen. Damit hilfst du auch dem Schwarzen Ritter."

Da lag seine geschundene Mutter vor ihm wie ein Häufchen Elend und wollte dem Schwarzen Ritter auch noch Gutes.

„Aber er quält dich. Er ist ein Ungeheuer, das über Leichen geht. Wer weiß, was er mit dir macht, wenn du nicht länger von Nutzen für ihn bist. Wir müssen ihn unschädlich machen, bevor er merkt, dass wir ihm nicht von Nutzen sind, und er uns umbringt." Unwillkürlich dachte Anjou an Ronda.

„Ich kann dir deinen Zorn nicht verübeln, aber ich kann dir nicht behilflich sein, den Schwarzen Ritter zu überwältigen."

„Warum denn nicht?"

„Weil wir momentan die Einzigen sind, die dazu beitragen können, dass alle Menschen wieder in einen Spiegel schauen können. So wie früher."

„Das eine schließt das andere doch nicht aus. Ich meine, wir können den Schwarzen Ritter überwältigen UND die Spiegel zurück zu den Menschen bringen."

„So einfach ist das nicht. Der Schwarze Ritter ist unser aller Schicksal."

Anjou starrte seine Mutter an. Da war es wieder, dieses Wort: Schicksal. Größere Zusammenhänge. Seine Wangen fingen an zu brennen. Er dachte an seine Cousine. Der Schwarze Ritter war ihr Bruder, also sein Cousin. Sie waren verwandt und doch hatte seine Cousine ihn verraten. Im Grunde war sie Schuld, dass er jetzt in dieser aussichtslosen Lage war. Sie hatte ihn hintergangen und verraten.

Schieb nur die Schuld dem anderen zu, wenn du dann glaubst, dann hast du Ruh, bist du bestimmt im falschen Schuh, denn wo der Mensch im Außen sieht, was eigentlich in ihm geschieht, läuft alles auf Enttäuschung raus und liefert Stoff für viel Gegraus. Jetzt geh der Sache auf den Grund, nur in dir selbst wird alles rund, kannst du dich mal bequemen, dein Schicksal anzunehmen.

„Ach, ich bin selber Schuld an dem ganzen Schlamassel?" Anjou merkte nur an dem erstaunten Gesicht seiner Mutter, dass er laut gesprochen hatte.

Was kann ich denn dafür, dass meine Tante falsch abgebogen ist und meine Cousine mich verraten hat?, dachte er aufgebracht.

Die Jugend ist schon komisch drauf, denkt nicht hinunter, nur hinauf. Die Wurzeln sind im Kollektiv und da hängt Einiges noch schief.

Das verstehe ich nicht, dachte Anjou.

Du bist mit deiner eig'nen Welt ein Teil von einem großen Feld. Wenn sich darin nur einer regt, dann wird die ganze Welt bewegt.

„So ähnlich hat sich Ronda auch geäußert", brummelte Anjou leise.

Du hast dazu schon „Ja" gesagt, an Rondas erstem „Todestag" – als du aus deiner eig'nen Welt ins Fremdland flugs hinein geschnellt. Vom Schicksal angezogen wirst glätten du die Wogen und die Vergangenheit kann ruhn. Was anderes bleibt nicht zu tun.

„Ich habe also keine Wahl?", fragte Anjou laut vor Schreck.

Seine Mutter rappelte sich hoch. Besorgt schaute sie zu ihrem Sohn. Der hob beschwichtigend die Hand. Er würde es ihr später erklären, wenn es denn noch ein „später" gab.

Du wirst wohl kaum bestreiten, dass wenig Menschen Drachen reiten. Du hast jetzt bald erreicht, was dir das Schicksal wohl gereicht. Es hat dir manches zugetraut, vor dem dir vielleicht heut noch graut. Nur liebevolles Handeln, kann diesen Zustand wandeln, drum nutze deinen Spiegel, verleih dir wieder Flügel, indem du dich nicht mehr verrennst in irgendwelche Hirngespenst, die dich nicht weiter tragen, als bis zum Leichenwagen.

„Aus der Ferne lässt sich gut reden", brummelte Anjou in das entsetzte Gesicht seiner Mutter. „Ich habe gar keinen Spiegel mehr – den hat mir nämlich meine Cousine abgenommen, als sie mich in dieses wohlgefällige Quartier eingewiesen hat."

„Was redest du denn da? Oder besser, mit wem redest du?" Seine Mutter klang beunruhigt.

„Mit meinem Drachen – einem ziemlich fernen Drachen", antwortete Anjou und sprang dabei auf die Füße. Was würde seine Mutter jetzt von ihm denken? Wusste

sie überhaupt, dass es in Fremdland Drachen gab?
„Wirklich? Das ist ja wundervoll! Wo ist er?" Plötzlich wirkte seine Mutter hellwach.
„Zurzeit nur in meinem Kopf." Anjou merkte, wie unsicher er sich mit einem Mal fühlte. Seine Nähe fehlte ihm.
„Oh", sagte seine Mutter.
„Er ist ein paar Krähen ins Netz gegangen und liegt ein paar Kilometer weit entfernt von hier auf dem Trockenen", sagte Anjou traurig.
„Verstehe", sagte seine Mutter nur. „Nun, das wird sich auch wieder ändern. Nichts bleibt so wie es ist – im Guten wie im Schlechten. Jetzt ist es erst einmal nur wichtig, in den Spiegel zu schauen. Das ist wegweisend."
„Dann ist der Weg hier zu Ende. In diesem Raum sehe ich nämlich nichts, was einem Spiegel auch nur im Entferntesten ähnelt."
„Oh, ich weiß. Aber wir haben etwas viel Besseres."
„Etwas Besseres? Was meinst du?"
„Wir haben die Krönung jeden Spiegels. Wir haben den Schwarzen Ritter."
Anjou traute seinen Ohren nicht.
„Und?", fragte er irritiert.
„Hast du ihn dir mal genau angesehen?"
„Natürlich!" Er war vor noch nicht allzu langer Zeit stundenlang hinter ihm hergelaufen.
„Und?"
„Was, und?"
„Wie sieht er aus?"
„Na, da gibt es nicht viel zu sehen – er trägt schließlich

eine Rüstung."

„Eben."

„Eben?"

„Er trägt eine Rüstung. Eine silberne Rüstung. Eine blanke silberne Rüstung."

Plötzlich war Anjou hellwach. Natürlich! Der Schwarze Ritter war in seiner Rüstung selbst ein wandelnder Spiegel!

Beinahe hätte er vor Erleichterung einen Luftsprung gemacht, aber die Decke des Verlieses war so niedrig, dass er es mit einem lauten Ausruf beließ. Da rührte sich auch schon der Zweifel: Würde er Zeit genug haben, um sich in der Rüstung zu spiegeln?

> *Mach deine Herzenstüre weit, dann bleibt dir immer gute Zeit. Wenn du dem Herzen eingedenk, erwartet dich noch ein Geschenk. Vollende hier dein Meisterstück und geh nicht einen Schritt zurück. Die Zukunft gibt dir Rückenwind, Vergangenheit von dannen schwimmt.*

Was singsangte der Drachen da? Er brauchte nur an Ronda zu denken und seine Mutter zu betrachten, dann tauchte unwillkürlich der Gedanke an ein unmenschliches Monster auf. Er konnte einem Monster unmöglich sein Herz öffnen. Seiner Meinung nach gab es nur eines, das gegen Monster half: Kämpfen. Er schaute zu seiner Mutter.

„Bitte sag es mir. Sag mir, womit ich gegen den Schwarzen Ritter kämpfen muss, um ihn ein für alle Mal zu besiegen", bat Anjou drängend.

„Gar nicht."

„Was?" Anjou glaubte, er hatte sich verhört.

„Verstehst du denn nicht? Wenn du kämpfst, besteht die Möglichkeit, zu verlieren – das ist immer so, nicht nur hier. Nein, kämpfen ist selten die Lösung. Es gibt etwas viel Kraftvolleres als Kampf, glaube mir."

Anjou verdrehte die Augen. Laut fragte er: „Und was wäre das?"

„Hingabe."

„HINGABE?" Für Anjou war das nur ein anderes Wort für Feigheit. Er senkte den Kopf.

„Weißt du, Anjou, Leid ist ein großer Lehrmeister. Vielleicht sogar der größte von allen. Es bringt dich immer zum Wesentlichen, vorausgesetzt du bist bereit."

„Und du hast offenbar zu viel davon erfahren. Vom Leid, meine ich."

„Nein. Ich hatte nur viel Zeit zum Spiegeln."

„Du hast dich im Schwarzen Ritter gespiegelt?", fragte Anjou verblüfft.

„Oh ja, viele Male sogar. Seine Rüstung hat mich viel gelehrt. Vor allem über mich selbst."

„Über dich? Aber er ist grausam und brutal. Er hat alle Menschen betrogen, sie ihrer Spiegel beraubt. Seitdem sind sie Raupen, die am Boden kleben. Und so lange er lebt, werden sie niemals zu Schmetterlingen werden. Und du willst von ihm etwas über dich gelernt haben?"

„Ja."

„Aber er kennt nichts anderes als Grausamkeit."

„Grausamkeit ist nur ein verzweifelter Schrei nach Liebe."

„Liebe? Er hat Krähen auf dich gehetzt."

„Das ist Vergangenheit."

„Vergangenheit? Deine Wunden sind kaum verheilt." Anjou zeigte vage auf die Arme seiner Mutter.

„Es gibt Schlimmeres."

„Was kann es Schlimmeres geben, als eine miese Vergangenheit?"

„Auf ihr die Zukunft aufzubauen."

Anjou öffnete den Mund, doch er wurde einer Widerrede enthoben. Die Tür zum Turm wurde unvermittelt aufgerissen und auf der Schwelle stand der Schwarze Ritter.

„Mitkommen!", kommandierte die gerüstete Gestalt und sein ausgestreckter Finger wies dabei lanzenartig auf Anjou. Anjou zögerte. Sein Mut schien gerade auf Fingerhutgröße zusammenzuschrumpfen.

Der Schwarze Ritter machte einen Schritt auf Anjou zu, ergriff ihn grob am Arm und stieß ihn unsanft aus der Tür in den Burghof. Dann trieb er ihn vor sich her bis zu dem Gebäude, das direkt an den Turm grenzte. Er schob Anjou durch eine offene Tür in einen großen rechteckigen Raum, der wie die Burg über und über mit Spiegeln bedeckt war. Einige Fackeln staken aus dem Mauerwerk, die den Raum in flackerndes Licht tauchten. In der Mitte des Raumes stand ein länglicher Tisch. Auf der Tischplatte lagen mehrere Spiegel nebeneinander.

An der schmalen Seite saß seine Cousine. Sie stand auf,

als der Schwarze Ritter vor Anjou an den Tisch trat. Gebieterisch zeigte er auf ihn und drehte sich dabei halb zu Anjou um.

„Raustragen! Ich will morgen den Vogel auf diesem Tisch verenden sehen."

Anjou schauderte. Er hatte nicht viel Zeit, sich in der Ritter-Rüstung zu spiegeln. Konzentriere dich, dachte er, während er einen Schritt an den Tisch herantrat und dabei gleichzeitig auf den Schwarzen Ritter starrte, jedes Blinzeln vermeidend.

Er dachte an Ronda und sofort wurde sein Blick weich. Im selben Moment versank die Welt um ihn herum im silbrigen Schein der schweren Rüstung.

In seiner Schau befand sich Anjou noch immer in dem Raum, in den er keine Minute zuvor am eigenen Leib durch den Schwarzen Ritter hineingestoßen worden war. Doch das, was er schaute, unterschied sich deutlich von dem, was er gerade erlebt hatte.

Der finstere Burgherr saß allein am Tisch und hatte neben sich den Helm liegen, der sonst sein Antlitz so sorgfältig vor den Blicken anderer verbarg. Durch das hochgeklappte Visier wirkte der abgenommene Teil der Rüstung wie ein finsteres Loch. Anjou erschrak.

Weniger über den Anblick des Helmes, als vielmehr über den Anblick des Schwarzen Ritters. Er hatte noch nie zuvor einen so kahlen und wunden Schädel gesehen. Ein Totenschädel hätte nicht mehr Fleisch auf den Knochen haben können, wie das Haupt seines Gegenübers. Was ihn aber noch viel mehr verstörte, war die Flüssigkeit, die aus den milchig schimmernden Augäpfeln auf den vor ihm liegenden Spiegel tropfte.

Konnte es wahr sein, dass der Schwarze Ritter weinte?

Regenbogenland

In dieser Nacht fand Anjou keinen Schlaf. Nachdem er den Opfertisch mit Hilfe des Mädchens an die befohlene Stelle gebracht hatte, war er unverzüglich wieder eingesperrt worden. Seither starrte er Löcher in das dunkle Turmverlies. Zeit war in Fremdland relativ, hatte Ronda zu ihm gesagt. Sie hatte recht. Seit er in Fremdland gelandet war, hatte er jedes Zeitgefühl verloren. Nur der morgige Tag zeigte an, dass schon ein ganzes Jahr vergangen war. Morgen war „Opfertag" – Birdisday – und der schwarze Ritter würde ihn zwingen, Ronda zu töten und diesmal gab es keinen Brunnen, in den er springen konnte, um sie zu retten. Anjou fuhr sich nervös mit den Händen über die Oberschenkel und blickte auf seine schlafende Mutter. Er hatte sie nach seiner Rückkehr aus der Halle nicht wecken wollen, obwohl er nach der Schau in der Ritterrüstung so aufgewühlt war wie damals, als er erfahren hatte, dass Ronda am Birdisday geschlachtet werden sollte. Was er gesehen hatte, ließ keinen Zweifel. Der Schwarze Ritter hatte geweint. Anjou spürte einen Kloß im Hals. Wenn es möglich war, dass dieser gerüstete Rohling zu ähnlich tiefen Gefühlen fähig war, wie er selber, wie sollte er ihm dann morgen gegenübertreten? Bisher hatte er den

Schwarzen Ritter nur als gefühlloses Scheusal handeln sehen. Er hatte sich scheinbar geirrt. Was hatte Ronda zu Beginn ihrer Reise gesagt? Dass das Offensichtliche nicht unbedingt die Wahrheit ist? So ähnlich jedenfalls. Aber hatte sie ihm nicht auch gesagt, dass er den Schwarzen Ritter besiegen müsste, um seine Mutter zu befreien?

Anjou ballte seine Hände zu Fäusten. Für ihn hieß das nichts anderes, als den Schwarzen Ritter zum Zweikampf zu fordern.

Ein Schnarcher floss von dem Lager seiner Mutter leise durch den Raum. Anjou seufzte. Er dachte an das letzte Gespräch mit ihr. Sie hatte von Hingabe gesprochen. Er schüttelte den Kopf. Hingabe mochte etwas für Mütter sein, aber nichts für Ereignisse, in denen es um Leben und Tod ging. Ihm würde gar nichts anderes übrig bleiben, als zu kämpfen, wenn er morgen mit Ronda und seiner Mutter die Burg lebendig verlassen wollte.

Du kennst den Schwarzen Ritter schlecht, wenn du beim Kampf dich glaubst im Recht. Es ist niemals das Ringen, das dich kann weiter bringen. Es ist ein ehernes Gesetz: Was du bekämpfst, das wächst.

Anjou sog scharf die Luft ein. Der Drache hatte gut singsangen. Wie sollte er denn seine Mutter befreien und Ronda retten, wenn nicht durch einen niedergerungenen Ritter?

Willst du den Ritter überwinden, muss seine Ritterrüstung schwinden. Das schaffst du aber damit nicht, dass du mit ihm im Kampfe fichtst. Begegne offen wie ein Kind dem Ritter, was dir Einsicht bringt.

Anjou wollte gerade erwidern, dass ein kindliches Gemüt wohl kaum dazu beitrug, eine Rüstung zu zerschlagen, da wurde die Tür des Verlieses aufgerissen. Anjou blinzelte und fuhr sich mit der Hand über die Augen. Seine Mutter war beim Öffnen der Tür wach geworden und setzte sich auf.

Anjou spürte seine Anspannung mit jeder Faser seines Körpers. Sein Mund war trocken und sein Herz schlug ihm bis zum Hals. Es war also soweit.

„Mitkommen – beide!", befahl der Schwarze Ritter und wischte dabei mit einer ausgestreckten Hand durch die Luft, als wollte er Anjou und seiner Mutter eine Ohrfeige verpassen.

Anjou reichte seiner Mutter die Hand. Als er sie zu sich hochzog, flüsterte sie: „Glück und Segen zu deinem Geburtstag."

Anjou nickte nur. Bedauerlicherweise ging es auch diesmal um Leben und Tod. Hoffentlich wird das jetzt nicht zu einer Dauereinrichtung, dachte Anjou in einem Anflug von Galgenhumor.

„Los, du zuerst!", wies der Schwarze Ritter ungeduldig auf Anjou. Erst als seine Mutter nickte, ließ er ihre Hand los und trat in den Burghof. Der Himmel schien klarer als tags zuvor, aber die Sonne hielt sich noch immer bedeckt.

„Weib, hierher!" Herrisch wies der Schwarze Ritter auf einen Mauervorsprung, der sich rechts neben der Tür befand. Der Vorsprung war schmaler als eine Bank, doch für die schlanke Gestalt von Anjous Mutter war sie als Sitzgelegenheit ausreichend.

Wenigstens muss sie nicht auf dem mit Vogelkot beschmutzten Burghof hocken, dachte Anjou. Am Tisch stand das Mädchen, das scheinbar unbeteiligt darauf zu warten schien, dass der letzte Akt dieses von ihrem Bruder in Szene gesetzten Dramas zu Ende ging.

„Zum Tisch!", befahl der Schwarze Ritter und bewegte sich selbst zur Mitte des Burghofs. Der Boden war bedeckt mit Krähen, die ihrem Herrn bereitwillig Platz machten. Anjou zögerte. Rondas Anblick ließ ihn zusammenzucken. Sie lag rücklings auf dem Tisch, den Anjou am Abend zuvor in den Hof gezerrt hatte. Zwei Krähen hockten auf Rondas gespreizten Flügeln. Anjous Augen füllten sich mit Tränen. Am liebsten wäre er sofort losgestürmt und hätte die beiden Krähen vom Tisch gefegt, aber ringsum schien ein schwarzes gefiedertes Heer nur auf eine falsche Bewegung zu warten, um sich auf ihn zu stürzen. Wohl oder übel setzte er deshalb vorsichtig Fuß um Fuß und versuchte, Rondas traurigen Anblick mannhaft zu ertragen.

„Gib ihm die Scherbe!", tönte der Schwarze Ritter aus der Mitte des Burghofs. Der Befehl galt dem Mädchen. Zwischen den Falten ihres Kleides kam ihre zarte Hand zum Vorschein, dann reichte sie ihm wortlos seine Spiegel-Scherbe. Für einen kurzen Moment berührten sich ihre Hände und Anjou war es, als zögerte sie kurz, dann war der Moment vorbei und die Scherbe lag in seiner Hand. Er atmete tief durch. Aus unzähligen Krähen-Schnäbeln ertönte ein lautes Krächzen. Anjou lief es kalt den Rücken hinunter. Ihm schwante Schreckliches.

„Die Kehle durchschneiden!" Der Schwarze Ritter wies auf Ronda.

„Nein", entfuhr es Anjou. Unwillkürlich schlossen sich seine Finger fester um die Spiegelscherbe. Scharf stach sie in seine Handfläche. Er spürte es kaum, stand wie erstarrt. Drohend schlugen die Krähen mit ihren Flügeln. Anjou schaute zu seiner Mutter. Sie blickte ihn fest an, ihr Blick voller Zuversicht. Fieberhaft überlegte Anjou was er tun konnte. Der Schwarze Ritter stand zu weit weg, um ihn direkt anzugreifen. Bevor er bei ihm war, hätten die Krähen ihn schon niedergehackt. Zeit – er musste Zeit gewinnen. In scheinbarem Gehorsam beugte er sich über den Tisch. Ronda lag vor ihm, aufgeschlagen wie ein zerfleddertes Buch. Sein Magen rebellierte. Ich brauche einen guten Einfall, dachte er verzweifelt und streckte dabei die Hand nach Ronda aus. Da bewegte Ronda ihren Kopf und drehte ihn zur Seite, sodass ein Auge direkt Anjou zugewandt war. Das hatte sie schon einmal getan. Ihr Auge war ihm seinerzeit zum Spiegel geworden. Gab sie ihm das zu verstehen? Sollte er sich erneut in ihrem Auge spiegeln? Zu dumm, dass Ronda kein Drache war. Dann hätte sie ihm ihre Botschaft auf Drachenart übermitteln können. Stattdessen starrte Ronda ihn weiter an. Der dunkle Glanz ihres Auges berührte ihn tief und seine freie Hand fuhr unwillkürlich zum Herzen. Mit einem Mal wusste er es, wusste, was Ronda ihm mitteilen wollte. Es ging um den Zweiten Weg – den Weg des Herzens.

„Muss ich erst die Krähen auf deine Mutter hetzen?" Eisige Worte rissen Anjou aus seiner Erkenntnis. Er zog die Schultern hoch, als wollte er sich schützen. Ein paar Krähen flogen unruhig auf. Wie sollte er es unter diesen Umständen schaffen, den Zweiten Weg zu gehen?

Weg des Herzens. Weg des Herzens. Weg des Herzens, rasten Anjous Gedanken und die Zeit kollabierten in diesen einen Moment, in dem er eine Eingebung hatte.

Langsam drehte er sich um. Im selben Augenblick hob der Schwarze Ritter die Hand, alle Krähen stiegen auf und begannen den Himmel zu verdunkeln. Wenn sich der Arm des Schwarzen Ritters wieder senkte, würden er und Ronda keine Chance mehr haben.

„Halt!", brüllte Anjou so laut er konnte. Der Schwarze Ritter hielt irritiert inne. Es schien nicht oft vorzukommen, dass ihm jemand auf diese Weise Einhalt gebot.

„Jedem zum Tode Verurteilten wird normalerweise ein letzter Wunsch gewährt. Ich bitte darum, diesen Wunsch stellvertretend für die Krähe an Euch herantragen zu dürfen." Die Worte kullerten aus Anjous Mund wie harmlose Murmeln. Einen Moment herrschte Stille, dann ließ der Schwarze Ritter den Arm langsam sinken. Die Krähen kreisten, aber keine griff an.

„Sprich!"

Anjou atmete tief ein.

„Der Wunsch ist unaussprechlich. Ich kann ihn Euch nur bedeuten", beeilte sich Anjou zu erwidern und neigte sein Haupt. Sollte der Schwarze Ritter ruhig glauben, dass er dem Burgherrn nichts anhaben konnte.

„Worauf wartest du noch?"

Anjou hob den Kopf. Der Schwarze Ritter winkte ihn herrisch heran. Langsam, unter den wachsamen und dunklen Augen aller Krähen, überquerte er den Burghof. Fuß um Fuß vor den anderen setzend, rief er sich seine erste Begegnung mit Ronda in Erinnerung. Sogleich wurde sein Herz weit. Kaum hatte er die gerüstete Gestalt erreicht, schlang er seine Arme um die Rüstung, als wäre sie ein alter Freund, den er lange nicht mehr gesehen hatte. Er versuchte trotz der Kälte, die von der Rüstung ausging, das liebevolle Gefühl in sich aufrechtzuerhalten. Der Schwarze Ritter stieß einen hohlen Laut aus, der Anjou durch Mark und Bein ging und er musste allen Mut zusammennehmen, um nicht zurückzuschrecken. Er dachte an die Tränen, die er in der Nacht auf den hohlen Wangen hatte rinnen sehen, und legte alles Mitgefühl, dessen er fähig war und so viel Wohlwollen wie seinem Herzen entfließen konnte, in diese umarmende, annehmende Geste.

Während die Gestalt in seinen Armen stocksteif dastand, ließ sich Anjou mehr und mehr auf diese seltsame Umarmung ein und mit einem Mal wurde ihm klar, was seine Mutter ihm hatte bedeuten wollen, als sie von „Hingabe" sprach. Sie hatte eine besondere Form des Annehmens gemeint, eine Form, die nichts mit Sich-alles-gefallen-Lassen oder Stillhalten zu tun hatte, sondern allein damit, anzunehmen, was man am allermeisten für sich selbst ablehnte, hasste oder fürchtete. In seinen Armen ruckte und zuckte es, knarzte und knirschte die schwere Rüstung. Mit dem Mut der Hingabe hielt Anjou fest und allmählich gab die Rüstung unter ihm nach, wurde weicher, geschmeidiger und biegsamer. Der silbrige Glanz wurde dabei klarer. Den Sog, der jetzt einsetzte, kannte er bereits, aber diesmal war etwas anders. Ganz und gar anders. Unbehaglich anders. Er hatte das Gefühl, selbst in der Rüstung zu stecken. Gefangen.

Tauch wieder auf, brüllte sein Verstand. Du musst nicht alles wissen, was mit dem Schwarzen Ritter zu tun hat, jaulten seine Gedanken. Anjou versuchte aufzutauchen, sich zu lösen, von dem, was er hielt oder war es etwas, was IHN hielt? Ihm wurde plötzlich speiübel.

Was du verneinst, das weißt du nicht. Doch trotzdem gibt es dir Gesicht. Was du verdrängst, das dich nicht stärkt. Doch heißt das nicht, dass es nicht wirkt. Schau weiter, tiefer, Stück um Stück, dann findest du dein größtes Glück.

Danke, Drache! Nicht auftauchen, sondern tief tauchen. Nicht weg von, sondern hin zu, dachte Anjou und versuchte, dabei nicht in Panik zu verfallen. Er dachte an Ronda und an seine Mutter. Der Zweite Weg, der Zweite Weg, wiederholte er in Gedanken. Er musste auf dem Zweiten Weg bleiben. Ronda hatte gesagt, nur so konnte er seine Angst überwinden, sie durchschauen und die Wahrheit erkennen. Ronda, seine kleine, weise, hüpfende Vertraute, dachte er warmherzig und sank schneller als zuvor. Es zog ihn tiefer und tiefer, die Rüstung schien enger und enger zu werden. Er konnte sich kaum mehr bewegen. Die Luft wurde knapp. Panik stieg auf.

All das, was dir noch unbewusst, macht Angst und hält dich kleinbefußt. Und alles, was du abgelehnt, wofür du dich auch mal geschämt, was wund dir ist und unverheilt, wird Rüstung dir und schön verteilt, verdichtet gar und fest verschlossen, schwarz-ritterlich und unverdrossen. Nur schlichte Selbsterkenntnis befreit dich aus dem Selbst-Gefängnis.

Gefängnis. Genau so fühlte es sich an. Es nahm ihm allen Lebensraum. Er rang nach Luft, schwitzte, keuchte und kämpfte gegen die Panik an, aber es wurde nur schlimmer. Er musste raus hier, wollte frei sein.

Du kannst dich selber nur befrein, lässt du dich gänzlich auf dich ein.

Hingabe, dachte Anjou und ließ jeden Widerstand gegen seinen momentanen Zustand los. Sofort konnte er freier atmen und für einen Moment dachte er, es war vorbei. Da sah er direkt vor sich sein Gesicht. Er hatte es schon oft gesehen, in der Spiegelscherbe, in Rondas Auge, im See, aber hier, in der Annahme der Rüstung war es anders als alle Male davor. Seine Gesichtszüge wirkten verzerrt, zeigten eine Fratze. Ihm wurde bei diesem schaurigen Anblick erst kalt, dann heiß.

„Ich bin dein Spiegel, jene Kraft, die Unbewusstes sichtbar macht. Schau hin, was ich dir wirklich bin."

Anjou traute seinen Ohren kaum. Die Worte waren aus seinem verzerrten Antlitz gequollen, aber es war nicht seine Stimme, die sie gesprochen hatte, sondern die des Schwarzen Ritters. Er war eine Art Stellvertreter? Für was?

Andere bekannte Gesichter schälten sich eins nach dem anderen aus der Dunkelheit. Anjou kam es so vor, als hätten sie tief in seinem Innern lange Zeit darauf gewartet, um aus dem Schatten des Unbewussten ans Licht zu kommen. Der Druck auf seiner Brust trieb ihm die Tränen in die Augen.

Wie durch einen Schleier blickte er plötzlich in die verzerrten Züge der Neuen. Er fühlte sie mit jeder Faser seines Körpers, es brannte wie Feuer in seinem Herzen, aber er ließ es geschehen, ließ sich noch mehr ein, gab sich hin und erfuhr, weshalb die Neue in sein Leben getreten war. Er sollte durch sie etwas erkennen: Ihr Verhalten spiegelte ihm, was er sich selbst unbewusst immer wieder entgegen brachte: Selbst-Ablehnung. Anjou spürte den Schmerz, der durch diese Selbst-Ablehnung in seinem Herzen brannte, und gab sich ihm hin. Wie oft hatte er sich als falsch empfunden, hatte sich mit anderen verglichen und sich nie für ganz und gar gut befunden. Hatte sein Anderssein nicht als etwas Wertvolles und Einzigartiges betrachtet. Hatte sich kritisiert und selbst verleugnet, statt seine Einmaligkeit zu feiern und wertzuschätzen. „Wie innen, so außen", schwebte Rondas Spruch aus weiter Ferne in sein aufgewühltes Befinden. Auf seine unbewusste ablehnende innere Haltung hatte seine äußere Welt mit dem Einzug der Neuen reagiert, die ihn genauso behandelte, wie er sich selbst behandelte: ablehnend.

Aus dieser Haltung war eine Rüstung geworden, die er sich selbst über die Jahre angelegt hatte. Kaum hatte Anjou das erkannt, ließ er jeden Gedanken und jedes Gefühl, was mit Selbst-Ablehnung zu tun hatte, los. Sofort wurde ihm leichter ums Herz und er spürte einen Energieschub, der den brennenden Schmerz in ein Gefühl bedingungsloser Liebe wandelte. Anjou holte tief Luft, um aufzutauchen, da tanzten andere Fratzen vor seinen Augen. Er erkannte die dämonisch grinsenden Gesichter seiner Mitschüler. Sie grölten seinen Spitznamen: „Manjou", „Manjou", „Manjou". Anjou fühlte schlagartig eine tiefe Verachtung zu sich selbst. Wieder wurde ihm heiß und wieder liefen ihm Tränen über die Wangen. Wie bei der Neuen, war das Gebaren seiner Mitschüler eine Spiegelung seines unbewussten Verhaltens gegen sich selbst.

Ihm wurde schmerzlich bewusst, wie sehr er sich dafür verachtete, dass er so empfindsam war. Im Vergleich zu seinen Mitschülern hatte er seine ausgeprägte Feinfühligkeit als memmenhaft empfunden und sich dafür verurteilt. Sein Spitzname resultierte aus dieser sich selbst verachtenden Haltung und seine Mitschüler waren ihm in seiner äußeren Welt die Spiegel für das, was er sich selbst entgegen brachte: Selbst-Verachtung. Seine Rüstung hatte sich dadurch verstärkt.

Im Lichte dieser Erkenntnis ließ er jeden Gedanken und jedes Gefühl der Selbst-Verachtung los und sofort verschwanden die Fratzen der Mitschüler. Ihm war, als ginge alles Schwere und Dunkle in brennender Selbsterkenntnis auf. Erneut spürte Anjou einen Zuwachs an Energie in Form von bedingungsloser Liebe.

Trotzdem blieb seine Kehle eng und er vermochte sich noch immer nicht frei zu bewegen. Irgendetwas wartete noch auf ihn, etwas, das mit Angst zu tun hatte. Er ließ sich tiefer ein, als jemals zuvor.

Vor seinen Augen formte sich eine schwarze Krähe, gefolgt von einem Drachen und einem Kartoffel-Knollen-Gesicht.

Bei der Krähe fühlte er in sich eine große Sehnsucht nach und gleichzeitig eine große Angst vor FREIHEIT. Anjou wusste intuitiv, dass diese Art von Freiheit bedeutete, sich selbst treu zu sein und sich vollständig an sich selbst zu verschenken – unabhängig von den Wünschen und Erwartungen anderer Menschen.

Der Drache entpuppte sich als seine Sehnsucht nach und seiner Angst vor seiner eigenen MACHT. Die Macht kreativ-schöpferischer Energie, die dem, der sein Leben bewusst zu lenken verstand, zum Herrscher über Leben und Tod werden ließ und die vor allem eines brauchte: Achtsamen Umgang und Gelassenheit in allen Lebenslagen.

Das Kartoffel-Knollen-Gesicht spiegelte Anjou seine größte Sehnsucht und zugleich seine größte Angst: Die Angst vor dem MENSCHSEIN. Einen Körper zu haben, hieß, verletzbar zu sein, Endlichkeit zu erfahren und Vergänglichkeit zu erleben. Im Menschsein gab es nur eines, das beständig war: Der Wandel. Darin eingebettet lag die große Herausforderung, sich ständig zu entwickeln und in einem unentwegten Prozess von Werden und Vergehen dem irdischen Leben eine Bedeutung zu verleihen, die das eigene Dasein überdauerte.

Mit dieser letzten Erkenntnis weitete sich Anjous Bewusstsein, dehnte sich aus und wurde so rein und klar wie ein geschliffener Diamant, und das Licht des Zweiten Weges, eine allumfassende Liebe, durchflutete jeden Gedanken und verlieh ihm die mitfühlende Klarheit, die er brauchte, um sich alles zu vergeben, was er sich durch Unbewusstheit angetan und in sein Leben geholt hatte.

Er verzieh sich all seine Ängste und die dadurch von ihm selbst gezeugten Handlungen. Er vergab sich sein selbst erzeugtes Un-Heil und alle Schatten, die daraus resultierten, wie der Glaube, dass er minderwertig, der Liebe nicht wert, unerwünscht oder schuldig sei.

Im Lichte dieses reinen Bewusstseins wusste, spürte und empfand er, dass dies niemals die Wahrheit gewesen war, sondern ein Schreck-Gespenst seines begrenzten Verstandes. Ein nie gekanntes Glücksgefühl durchströmte ihn und er fühlte sich wundervoll leicht und vollkommen.

Nur wer den eignen Schatten kennt, kann lösen,
was ihn bindet und was auf Angst gegründet, bis
er dann in der Lage ist, zu finden, was tief in ihm
fließt – Seele, die göttlich ist.

Besser hätte es Anjou selbst nicht in Worte fassen können. In diesem Moment hätte er die ganze Welt umarmen können. Stattdessen hielt er einen Ritter im Arm, dessen Rüstung verschwunden war und mit ihr auch sein herrischer Ausdruck. Verwundert bemerkte Anjou, dass es um sie herum summte und flirrte wie in einem Bienenstock. Alle Spiegel der Burg schlugen Wellen, der Ritter heulte auf. Anjous Bewusstwerdungsprozess hatte scheinbar alle Spiegel angeregt. Die ganze Burg schwang und schwirrte. Ihre Bewegung schien den Ritter zu berühren und ihn mit sich selbst in Kontakt zu bringen. Mit schmerzverzerrtem Gesicht riss er sich von Anjou los und taumelte über den Burghof.

Ehe Anjou reagieren konnte, stürzten mit ohrenbetäubendem Krächzen die Krähen, die noch immer über der Burg kreisten, hinunter in den Burghof. Sie schienen zu glauben, Anjou hätte ihren Herrn und Gebieter schwer verletzt. Jetzt wollten sie offenbar schnellstens beenden, was er bisher verhindern konnte: Ronda zu töten. Anjou stürmte los. Da traf ihn der erste Vogelhieb. Er riss abwehrend den Arm hoch, übersah eine Bodendelle und stolperte. Noch im Fallen sah er, wie sich seine Cousine über Ronda beugte, um ihr den Hals umzudrehen. Dann wurde sie von unzähligen Krähen verdeckt.

Während Anjou sich hochrappelte, ertönte über der Burg ein lautes Fauchen. Im Nu war der Himmel voll Rauch und der feurige Atem des Drachen fegte alle Krähen aus dem Burghof und verscheuchte den Rest in die Weite außerhalb der Burg. Noch bevor Anjou sich über das plötzliche Erscheinen Gedanken machen konnte, tönte es in seinem Kopf:

Die herzliche Umarmung gab ritterlich Entwarnung und schenkte mir die Kraft, mich ganz allein vom Netz zu frein und rechtzeitig bei dir zu sein.

Danke, dachte Anjou erleichtert, stürzte zu seiner Cousine und zog sie von Ronda weg zu Boden. Sie blutete aus etlichen Wunden, aber er hatte momentan nur Augen für Ronda, die vergeblich versuchte, auf die Füße zu kommen. Dem Himmel sei Dank, sie lebt, dachte er und streckte die Hand nach ihr aus.

„Lass das."

Erschrocken zog er die Hand zurück.

„Deine Cousine. Schau zuerst nach ihr. Ich fliege dir nicht davon. Versprochen", krächzte Ronda angestrengt.

„Wieso?", fragte Anjou verwirrt.

„Sie hat mir das Leben gerettet."

„Gerettet?" Für ihn hatte es so ausgesehen, als wollte sie Ronda den Hals umdrehen.

„In der Welt der Lebenden ist nichts so, wie es auf den ersten Blick scheint", krächzte Ronda leiser. „Traue niemals dem Offensichtlichen, wenn du nach der Wahrheit strebst, sonst stolperst du und verfängst dich oft in deinem eigenen Verstand."

Verunsichert blickte Anjou zu seiner Cousine, die immer noch so da lag, wie er sie zu Boden gebracht hatte. Sie atmete schwer. Anjou sah, dass sie neben der Kopfwunde auch aus vielen kleineren Wunden blutete. Das Wort „löchrig" kam ihm unwillkürlich in den Sinn. Schnell bückte er sich und kniete sich neben sie. Sie hatte die Augen geschlossen. Um ihr das Atmen zu erleichtern, hob er ihren Oberkörper an und legte ihren Kopf auf seine Oberschenkel, dann strich er ihr mit einer Hand die zerzausten Haare aus dem bleichen Gesicht. Als seine Finger ihre Stirn berührten, schlug sie die Augen auf. Zum ersten Mal, seit er auf der Burg war, blickte sie ihn direkt an und – lächelte.

„Sie hätten deine Ronda getötet." Ihre Stimme war nicht mehr als ein Hauch. „Ich war einfach näher dran als du."

Seine Cousine schloss einen Moment lang die Augen. Es stimmte also, sie hatte Ronda schützen wollen. Er hatte in der Aufregung den falschen Schluss gezogen. Erleuchtung schützt nicht unbedingt vor menschlichem Irrtum, dachte Anjou voller Mitgefühl für sich und seine Cousine.

„Ich kann meinen Weg jetzt wieder sehen. Dafür danke ich dir. Du hast unser kollektives Familienproblem durch deine bedingungslose Annahme und Hingabe gelöst und Altes geheilt. Ich habe lediglich dafür gesorgt, dass du zur richtigen Zeit auf meinen Bruder triffst."

Anjous Wangen standen augenblicklich in Flammen. Er schluckte. Wie blind war er gewesen. Nicht sie hatte IHN getäuscht, er hatte SICH getäuscht. Indem er nur dem äußeren Anschein nach geurteilt hatte und nicht mit dem Herzen geschaut hatte, war die Wahrheit hinter seinem Vor-Urteil verborgen geblieben. Seine Cousine hatte ihn nicht verraten, sondern ihm geholfen, sein Ziel sicher zu erreichen.

„Ein bisschen Pflege und sie wird wieder fliegen können", lenkte Anjous Cousine die Gedanken auf Ronda.

„Woher weißt du das so genau?", fragte Anjou sanft. Abschied lag in der Luft und ihm wurde bewusst, dass er nicht mehr viel Zeit mit ihr verbringen würde.

„Weil Freiheit mit ‚F' wie ‚Fliegen' anfängt und nicht mit ‚H' wie ‚Hüpfen'. Sie atmete flach und ein wenig stockend, und mit jedem Wort schien ihr irdisches Leben aus ihrem Körper zu fließen.

„Es wird Zeit, die Seiten zu wechseln und weiter zu gehen", sagte sie leise, aber lächelnd. „Leb wohl, Anjou – wir sehen uns. Irgendwann." Sie atmete noch einmal tief aus. Dann blieb sie still. Anjou schluckte. In der kurzen Zeit, die sie zusammen gewesen waren, hatte er mehr über das Leben gelernt, als in all den vierzehn Jahren seines Daseins. Einen Moment lang drückte er die leblose Hülle an seine Brust, wohl wissend, dass sie zu dem geworden war, was sie schon lange sein wollte: Eine Reisende, die aufbrach zu einer neuen Etappe dieses immerwährenden Abenteuers namens Leben.

Anjou legte ihren Körper sanft ab, dann erhob er sich, um nach Ronda zu sehen. Er wusste, dass es auch für ihn Zeit war, weiter zu gehen, was so viel hieß, wie nach Hause zu seinem Vater zurückzukehren.

Als er Ronda vorsichtig hochnahm, hing der eine Flügel schlapp herunter, der andere wirkte steif. Er dachte an die Worte seiner Cousine und was sie über Ronda gesagt hatte und tief in seinem Herzen spürte er, dass sie recht hatte. Ronda würde fliegen, er würde eigenhändig dafür sorgen. Ronda konnte helfen, seine Welt mit anderen zu verbinden. Ihre Anwesenheit bei den Menschen konnte Erinnerungen wecken, die dazu beitrugen, dass sich die Menschen wieder auf das Wesentliche konzentrierten.

Wenn die Menschen erst wieder in ihre Spiegel schauten und über den Weg des Herzens ihre eigene Rüstung abzulegen begannen, wird die Welt bald schon eine andere sein, dachte Anjou. Ein Ort des Friedens und der achtsamen Freiheit, bei dem das Herz den Verstand regiert und das tiefe Vertrauen in das Leben Ängsten keine Nahrung mehr gibt.

Anjou hörte plötzlich über sich ein Geräusch wie von scharrenden Krallen und blickte zum Himmel. Er musste laut lachen. Auf dem Turm der Burg thronte ein bisschen windschief sein feuriger Begleiter und schlug mit den Flügeln, weil die Krallen nur wenig Halt am Turmdach fanden.

Wir kommen, dachte er an den Drachen gewandt und ging zu seiner Mutter, die mit dem Ritter noch immer auf der Bank saß und seinen mageren Körper stützte.

> *Vielleicht kannst du es noch nicht sehn, doch deine Mutter wird nicht gehn. Sie reicht dem Ritter hier die Hand und zeigt ihm was ihm unbekannt, auch ohne Spiegel in der Hand.*

Nein, das konnte Anjou tatsächlich noch nicht sehen. Der Drache musste sich irren. Er winkte ihn zu sich herunter.

Seine Mutter wollte sicher auch nach Hause. Er reichte ihr die Hand.

„Es wird Zeit, zu gehen", sagte Anjou und wartete. Seine Mutter lächelte, machte aber keinerlei Anstalten, sich zu erheben. Wollte sie tatsächlich hier bleiben? Auf der Burg? Freiwillig und ohne ihn?

„Du bist wirklich groß geworden. Dein Blick ist so klar wie das Wasser eines unberührten Bergsees und deine Gestalt strahlt so hell wie tausend Sonnen. Dein Weg liegt ausgebreitet vor dir und du weißt jetzt, dass jeder Schritt, den du gehst, ein Schritt in die richtige Richtung sein wird."

Anjou blinzelte.

„Ich werde hierbleiben."

Obwohl Anjou wusste, dass alles richtig war, wie es sich entwickelte, spürte er dennoch einen Anflug von Traurigkeit.

„Warum möchtest du hierbleiben?"

„Weil er mich mehr braucht, als du." Bei dem Wort „er" wandte Anjous Mutter den Kopf und blickte auf den Ritter, der ohne seine Rüstung aussah wie ein gerupftes Huhn.

„Seine Rüstung schwand. Was mir nicht gelang, hast du vollbracht."

„Du hast den Schwarzen Ritter umarmt?", fragte Anjou verblüfft.

„Nicht so wie du. Dazu brauchte es die Hingabe eines Mannes. Aus diesem Grund habe ich auch Ronda zu dir geschickt."

„DU hast Ronda zu MIR geschickt?" Anjou Augen wurden groß. Fassungslos blickte er auf das verletzte Etwas in seinen Händen. „Davon hat sie mir nie etwas erzählt."

„Ronda wusste schon immer Wichtiges von Unwichtigem zu unterscheiden."

Na ja, ob das immer so stimmte, würde ich nicht beschwören wollen, dachte Anjou.

„Unvoreingenommenheit ist der Schlüssel zur Wahrheit. Du solltest möglichst unbeeinflusst deinen eigenen Weg hierher finden. Halte es auch so in deinem zukünftigen Leben. Hättest du von Ronda und mir gewusst, hätte es dich nur unnötig von dir selbst abgelenkt. Ohne dieses Wissen konntest du dich jedoch vollkommen frei und in deiner zu dir passenden Zeit entwickeln."

„Na ja, wir haben vielleicht eine unterschiedliche Auffassung, was ‚vollkommen frei' und ‚in zu mir passender Zeit' bedeutet", warf Anjou ein. „Ronda brachte mich mit ihrem ‚Zeit ist relativ' und ‚wir haben keine Zeit zu verlieren' gehörig ins Schwitzen."

Anjous Mutter musste lachen. „Ich weiß, sie kann sehr eindringlich sein. Aber glaub mir, du bist dennoch nur deinem eigenen Tempo gefolgt, auch wenn es dir vielleicht nicht so vorkam. Anders ist diese Burg gar nicht erreichbar. Alles braucht SEINE Zeit."

„Mein Reden", meldete sich Ronda schlaff zu Wort.

Anjou schwieg, er ließ das Gesagte in sich nachschwingen, wollte seinem Körper die Gelegenheit geben, es zu verarbeiten.

„Anjou, sei nicht allzu traurig. Jeder Abschied ist auch

ein Neubeginn. Du bist bei der Umarmung des Ritters eingegangen in die Große Vision, bist in dieser besonderen Schau deinen Schatten begegnet und im Feuer der Selbst-Erkenntnis erwacht zu einem freien Geist, der mit einer tiefen Verbindung zu sich selbst Liebe und Mitgefühl in die Welt tragen kann. Dein Weg liegt vor dir und du bist jetzt erwachsen genug, um den Menschen die Hand zu reichen. Hilf ihnen, in ihre eigenen Abgründe zu blicken und zeige ihnen, wie sie ihre tiefsten Überzeugungen erkennen und zerstörerische Ängste überwinden, indem sie tiefer schauen, bis sie zu ihrem Wesenskern vorgedrungen sind und ihre ganze Wahrheit erfahren. Nur so wird der Himmel auf die Erde gelangen und deine Welt zu dem, wofür sie geschaffen ist: ein Paradies für alle Menschen und die anderen lebenden Wesen."

Anjou blickte seine Mutter erstaunt an. Ihm waren an der Seite seiner Cousine ganz ähnliche Gedanken durch den Kopf gegangen, aber wenn er zu sich ehrlich war, konnte er sich momentan noch nicht vorstellen, wie er jenes Volk, das von der Düsterkrankheit gezeichnet und nur stumpf an der Oberfläche des Lebens kratzte, dazu bringen sollte, in einen Spiegel zu blicken, um ihr wahres Selbst und Wesen zu erkennen.

„Wenn du es nicht geschafft hast, die Menschen zum Spiegeln zu bewegen, wie soll es mir dann gelingen?" Er strich sanft über Rondas Schnabel – der offensichtlich unverletztesten Stelle ihres Körpers.

„Sei einfach du selbst. Das hilft ihnen am ehesten zu erkennen, was du erkannt hast: Dass sie wundervolle Lichter sind, unsterbliche Seelen, Farbtupfer auf der Leinwand des allgegenwärtigen Lebens."

Anjou wiegte den Kopf hin und her.

„Ich bin anders als sie. Jetzt mehr denn je. Das wird ihnen noch mehr Angst machen."

„Du bist anders, weil du einzigartig bist. Aber das ist praktisch jeder. Das zu erkennen, ist Teil der großen Wahrheit. Und wenn ich mir die Burg der Spiegel so anschaue, dann hat es bereits Veränderungen im Bewusstsein aller Menschen gegeben."

Anjou folgte den Blicken seiner Mutter.

„Du meinst, weil die Spiegel nicht mehr so blind sind wie bei meiner Ankunft auf der Burg, werden die Menschen mir aufgeschlossener begegnen? Warum?", fragte Anjou neugierig.

„Wer die Wahrheit über sich kennt, verändert allein durch seine Erfahrung alles, was mit ihm in Berührung kommt. Durch deine tiefe Innenschau und die Wandlung deiner schlimmsten Überzeugungen und dem Erkennen deiner tiefsten Ängste, hast du nicht nur dir, sondern auch allen anderen Menschen einen großen Dienst erwiesen, denn du machst es ihnen damit etwas leichter, sich selbst zu erkennen. Du bist den Weg schon gegangen, hast eine Art Spur gelegt. Dafür sind sie dir unbewusst dankbar, denn alles ist mit allem verbunden. Hat Ronda es dir nicht gesagt?"

Na ja, so ähnlich, dachte Anjou. Da fuhr seine Mutter schon fort: „Jedweder Glaube, ein Mensch stünde für sich – getrennt und isoliert – ist eine Illusion, erzeugt aus der

Begrenztheit des menschlichen Verstandes."

Anjou nickte. Das stimmte. Unwillkürlich blickte er zu dem Ritter, dessen trübe Augen traurig in den Tag blinzelten. Wie würde er jemals zu dieser Wahrheit gelangen? Gab es für ihn überhaupt eine, wenn er sich dem Spiegel nicht hingeben konnte, weil seine Augen ein Schauen unter die Oberfläche nicht zuließen?

„Was würdest du mir sagen, wenn ich trübe Augen hätte und die Wahrheit nicht sehen könnte?"

Anjous Mutter lächelte. „Ich würde dir sagen:
Dass es nichts zu fürchten gibt, weil du richtig bist.
Dass es nichts zu fürchten gibt, weil du wichtig bist.
Dass es nichts zu fürchten gibt, weil du mächtig bist.
Dass es nichts zu fürchten gibt, weil du göttlich bist.
Dass es nichts zu fürchten gibt, weil du ewig bist.
Und dann würde ich dich an mein Herz drücken."

Anjou nickte. Er fühlte, dass es stimmte. Nur hätte er es nicht in diese Worte fassen können. Seine Mutter hatte recht. Der Ritter brauchte sie mehr als er und seine Mitmenschen. Jetzt musste er nur noch die Spiegel zurück zu ihnen bringen. Er runzelte die Stirn. Da würde einiges zusammenkommen.

„Weißt du, wie ich all die Spiegel unversehrt nach Hause bekomme?", fragte Anjou nachdenklich.

„Gar nicht", antwortete seine Mutter verschmitzt.

„Gar nicht?", wiederholte Anjou verblüfft. Seine Mutter gluckste.

„Es sind doch nicht die Spiegel, die die tiefste Wahrheit bergen."

„Nicht?" Da hatte ihm Ronda aber etwas anderes erzählt.

„Nein, natürlich nicht." Die Augen von Anjous Mutter strahlten. „Es sind die Menschen, die die tiefste Wahrheit bergen. Die Spiegel sind nur Mittel zum Zweck."

„Ach so?", rief Anjou überrascht aus.

„Es ist nur ein bisschen leichter, in der Oberfläche dieses Kleinods sich selbst zu erkennen, als ohne", Anjous Mutter zögerte. „Außerdem gibt es noch etwas viel Großartigeres, als die Oberfläche eines Spiegels zu betrachten."

„Was denn?", fragte Anjou, dessen Gedanken plötzlich orientierungslos dahin ruderten wie aufgeblasene Frösche.

„Die Augen und das Herz eines jeden Wesens", antwortete seine Mutter warmherzig. „Wer offenen Herzens ins Auge seines Gegenübers blickt, schaut immer nur sich selbst", fuhr Anjous Mutter fort und wandte ihren Kopf zum Ritter.

„Mhm", machte Anjou und dachte an seine eigenen Erfahrungen mit Ronda. Zumindest bei ihr war es so gewesen. Er ließ seinen Blick noch einmal in die Runde schweifen. Er würde also ohne Spiegel und ohne Mutter nach Hause zurückkehren. Wie das Leben so spielt, dachte Anjou und schmunzelte in sich hinein.

Mit Ronda auf dem Arm, dem Drachen an seiner Seite und der Wahrheit in seinem Herzen, wurde ihm auf einmal klar, was es bedeutete, Mutter zu sein. Es bedeutete vor allem, liebevolle Weisheit in ein Herz zu tragen.

Das leise Krächzen von Ronda riss Anjou aus seinen

tiefsinnigen Gedanken. Jetzt, wo der Drache nicht mehr auf der Turmspitze hing, hatten sich die Krähen der Burg wieder genähert. Das schien Ronda zu beunruhigen. Sie brauchte dringend Abstand von ihrem Volk. Sie ist wie der Mensch ein Wesen mit Gefühlen, dachte Anjou, und da gibt es mehr zu heilen, als nur äußere Wunden.

Eine herzliche Umarmung seiner Mutter und ein Nicken des Ritters zum Abschied, dann stieg Anjou mit Ronda auf den Rücken des Drachen. Scharf beäugt von Rondas Volk erhoben sie sich in die Lüfte. Anjou fühlte sich so frei wie noch nie. Keine Verlustangst und kein Schmerz beim Abschied. Nur das tiefe Wissen, dass er auf das Leben vertrauen konnte, wie auf eine Mutter und dass er nichts verlieren konnte, weil er alles, was er für sein weiteres Leben brauchte, bereits besaß.

Anjou schaute am Drachenflügel vorbei nach unten. Fremdland lag unter ihnen wie ein dreidimensionales Gemälde. Anjou konnte aus der Höhe erkennen, dass sich Fremdland in eine abwechslungsreiche und fruchtbare Landschaft verändert hatte. Lebendig, klar und wunderschön. Die äußeren Umstände spiegeln meine innere Befindlichkeit wider, dachte er erfreut.

Gerade überflogen sie das Erdvolk. Sie schienen zu tanzen. Frei und so beweglich wie das Leben selbst. Sanfte Stimmen flogen zu ihm hoch. Einige von ihnen winkten. Dann waren sie schon über dem Stillen Wald. Auch er hatte sich verändert. Er grünte in den unterschiedlichsten Farben, und in den Kronen der Bäume wartete kreatives Potential nur darauf, gelebt zu werden. Anjou hätte vor

Freude fast den Zacken losgelassen, mit dem er sich auf dem Drachenrücken Halt verschaffte.

Im Sinkflug nahm der Drache Kurs auf seine Heimatstadt. Anjou hörte Stimmen. Viel Volk war unterwegs zum Markt. Also war Mittwoch. Markttag. Die Stadt wirkte lebendig. Er hörte sogar ein Lachen. Es hat sich tatsächlich allein durch meine innere Wandlung etwas verändert, dachte Anjou und strich dabei mit seiner freien Hand Ronda liebevoll über die Federn. Du hast meinem Leben so viel mehr Tiefe verliehen und dein Mut hat viel bewegt, dachte er warmherzig.

Der Drache flog jetzt so tief, dass sein breiter Schatten über Brunnen und Pflaster fiel. Köpfe reckten sich. Arme flogen hoch. Dutzende Finger wiesen auf Anjou und seinen mächtigen Begleiter. Dann waren sie an den Häusern vorbei und über freiem Feld.

Die vertraute Silhouette seines Elternhauses tauchte auf. Anjou wurde nachdenklich. Was würde die Frau an der Seite seines Vaters zu einem ausgewachsenen Drachen sagen, wenn Ronda ihr schon Angst eingejagt hatte? Würde sie davonrennen? Seltsamerweise fühlte er bei diesem Gedanken eine Art von Bedauern. Sein Vater hatte es verdient, glücklich zu sein – mit wem auch immer an seiner Seite.

Ein Ruck riss Anjou aus seinen Gedanken. Sie waren gelandet. Der lange Hals des Drachen reichte bis zu seinem Zimmer im Obergeschoss. Hätte dort jemand am Fenster gestanden, er hätte direkt in ein großes Drachenauge geblickt. Aber da stand niemand und die Scheiben waren ungeputzt, während sonst alle anderen Fenster sauber waren. Sein Zimmer war wahrscheinlich nach seinem Verschwinden nicht mehr betreten worden.

Anjou sprang vom Drachen und lief mit Ronda im Arm zur Haustür. Noch bevor er die paar Stufen genommen hatte, wurde sie aufgerissen. Auf der Schwelle stand mit Eimer und Schrubber die Freundin seines Vaters. Beim Anblick von Anjou, Ronda und dem Drachen rutschte ihr der Eimer aus der Hand und der Schrubber knallte rücklings zu Boden. Sie selbst stand stumm und starr, als hätte sie Angst, die kleinste Regung von ihr würde das ganze Haus zum Einsturz bringen.

„Hallo", sagte Anjou freundlich. „Meine Freundin kennst du ja schon", setzte er sanft hinzu und streichelte vorsichtig über Rondas zausiges Gefieder. Dann wies er mit dem Kopf nach rückwärts. „Und das ist mein Feuerdrache. Er sieht furchterregender aus, als er ist. Mit ihm kann uns gar nichts Schlimmes passieren." Bei dem Wort „uns" machte Anjou eine kreisförmige Handbewegung, die die Frau auf der Stelle eindeutig mit einschloss. Während er geduldig wartete, dass seine Worte sein Gegenüber aus der Erstarrung erlösten, versuchte er sich an ihren Namen zu erinnern. Sein Vater hatte sie ihm damals mit ihrem vollen Namen vorgestellt, aber er hatte seinerzeit beschlossen, sie als „die Neue" zu betiteln. Nalene, fiel es Anjou wieder ein. Sie hieß Nalene, die gerade mit sich kämpfte und um Fassung rang. Er ließ ihr die Zeit, die sie brauchte, um sein plötzliches Erscheinen zu verarbeiten und lächelte weiterhin freundlich.

„Hauptsache, er macht das Haus nicht dreckig", sagte Nalene plötzlich und knetete dabei ihre Schürze mit ihren Händen. Anjous Lächeln wurde breiter, denn es war klar, dass der Drache allein schon aufgrund seiner Größe nie einen Fuß in den Wohnbereich setzen würde.

Nalene schien zu merken, dass ein anderer Anjou vor ihr stand, als der, den sie gekannt hatte. Sie blickte ihm forschend in die Augen und er merkte, dass sie in Tränen schwammen. War das Rührung oder Unsicherheit? Wahrscheinlich beides, dachte er berührt.

Er erwiderte offen und liebevoll den flackernden Blick. Da gab Nalene mit einer einladenden Handbewegung den Weg ins Innere des Hauses frei. Sogar Ronda durfte kommentarlos passieren.

„Dein Vater ist auf Reisen. Ich setze mal Wasser auf. Dein Vogel braucht Hilfe und vielleicht einen Verband", ratterte sie unzusammenhängend drauflos. „Ich schau mal, ob ich etwas Passendes auftreiben kann." Damit entschwand sie in der Küche.

Anjou setzte Ronda sanft ab und säuberte sich mit dem Wischlappen die Fußsohlen. Seine Mutter hatte recht behalten: Es hatte sich seit seiner Reise nach Fremdland Grundlegendes verändert und ihm wurde mit einem Mal klar, dass Abwesenheit wahre Wunder wirken konnte.

Epilog

Der Drache bezog den hinteren Teil des Grundstücks. Nalene hatte in Anjous Abwesenheit aus dem einstigen Brachland einen liebevoll angelegten Garten gemacht und aus einem Haufen Gestrüpp und Wildwuchs ein kleines Blumenparadies geschaffen. Ein grüner saftiger Rasenteppich bedeckte den Boden und inmitten der duftenden Idylle lag ein kleiner Teich, auf dem Seerosen schwammen, die im Sonnenlicht glänzten. Das Wasser des Teiches war rein wie ein Laken, das durch Nalenes wascheifrige Hände gegangen war.

Wenn der Drache nicht im Schlaf durch den einen oder anderen Schnarcher an den umherstehenden Bäumen ein paar Äste abgefackelt hätte, wäre der Garten makellos gewesen.

Anjou hatte zusammen mit Ronda sein altes Zimmer bezogen und kümmerte sich um ihre Genesung. Ihre Flügel heilten unter seiner Obhut fast über Nacht und eines Morgens flog Ronda durch das offene Fenster hinaus in den Garten und setzte sich mitten vor die schnaufelnden Nüstern des Drachen. Der ließ sie gewähren und klapperte nur kurz mit den Wimpern. Federleichte Freiheit vereint mit schöpferischer Macht, was für ein großartiges

Gespann, dachte Anjou lächelnd und wunderte sich kaum mehr darüber, was alles möglich wurde, nur dadurch, dass er sich regelmäßig der Innenschau hingab.

Wie gern hätte er alle Menschen an dieser Kunst teilhaben lassen, aber solange sie sich vor dem Drachen fürchteten und Ronda ihnen wie ein Mahnmal vorkam, das sie an ihre blutige Vergangenheit erinnerte, konnte er nicht viel tun.

„Lass ihnen Zeit. Du kannst ihnen Fremdland ebenso wenig nahebringen, wie der Winter grüne Blätter wachsen lassen kann, wenn sie noch nicht offen dafür sind", hatte Ronda mehr als einmal gesagt. „Sie müssen sich erst daran gewöhnen, dass du anstelle eines Pferdes einen Drachen reitest und einen schwarzen Vogel hast."

Anjou musste lachen. Obwohl er wusste, dass Ronda die Wahrheit sprach, fiel es ihm in diesem Fall schwer, sich zu gedulden. Er sah so viel in den Menschen, das noch unter Ängsten verborgen lag. Er spürte die ungestillten Sehnsüchte ihrer Seelen nach Selbsterkenntnis und höherem Bewusstsein, aber wann immer er den Menschen von Fremdland berichten wollte, hörten sie weg.

Schließlich war es Nalene, die den entscheidenden Stein ins Rollen brachte.

„Darf ich mich zu dir setzen?", hatte sie Anjou eines Tages gefragt, als er sich anschickte, sich im Garten zum Spiegeln in den Teich zu versenken.

„Ja, gern", hatte Anjou überrascht geantwortet.

So kam es, dass sie sich zu ihm setzte, wann immer er sich der Innenschau hingab, ohne je selbst einen Blick in den Spiegel zu werfen. Nach einer besonders tiefen Schau, erzählte er Nalene eine Geschichte.

Es war die Geschichte einer Frau, deren Hände so schwarz waren wie der Himmel, aus dem die Sterne sich zurückgezogen hatten und der Mond heruntergefallen war. Jeden Tag ging die Frau zu einem Brunnen und schrubbte sich fast die Haut vom Leibe, doch am Ende blieben die Hände schwarz. Da kam eines Tages ein Vogel zu ihr an den Brunnen, der sang nur für sie. Seine Stimme klang so lieblich, dass es die Frau in ihrem Herzen berührte und sie begann zu weinen. Als sie mit ihren Händen die Tränen abwischte, wurden die Hände rein. Da verstand sie, dass eine tiefe Berührung mehr vermochte, als alles Streben nach Makellosigkeit.

Es war das erste Mal, dass Anjou Nalene weinen sah. Tags darauf bat sie ihn, sie das Spiegeln zu lehren. Fortan saßen Anjou und Nalene täglich am Teich und spiegelten sich in seiner klaren Oberfläche. Nalene trug ihre Erfahrungen als Geschichten zu den Menschen in die Stadt und nach und nach ließen sich immer mehr von ihnen auf diese besondere Art der Wahrnehmung ein. Anjous Vater gab alsbald das Reisen auf und widmete sich der Kunst des Spiegelbaus. Aus den vielen Scherben, die Anjou bei seiner ersten Spiegelschau in der Werkstatt hinterlassen hatte, fertigte er wundervolle Kleinode. Jedes bekam einen einzigartigen Rahmen als Zeichen für die Einmaligkeit eines jeden Menschen.

Die Jahre vergingen und als Anjous Geburtstag sich zum einundzwanzigsten Mal jährte, versammelten sich die Menschen um den Brunnen auf dem Markt, um wie jedes Jahr diesen Tag zu feiern. Die Wetterlage war ein Gemisch aus Licht und Schatten, denn auf der einen Seite der Stadt öffneten dunkle Wolken ihre Schleusen, auf der anderen Seite schien die Sonne sich an diesem Tag mehr denn je ins Zeug legen zu wollen und strahlte gleißend. Ob es am Spiel von Licht und Schatten lag oder daran, dass seit nunmehr sieben Jahren kein Vogel mehr an diesem Ort sein Leben verloren hatte, wusste Anjou nicht zu sagen, als sich aus der Mitte des Marktes ein Regenbogen aufspannte, der weit über die Stadt hinausreichte. Anjou kam es so vor, als verband er die Menschenwelt auf einzigartige Weise mit Fremdland.

Dieser Bogen blieb noch lange bestehen und er erinnerte jeden Menschen, der auf dem Zweiten Weg der Wahrheit auf den Grund ging, daran, dass es nichts Schöneres gab, als sich im Spiegel der Erkenntnis geliebt zu wissen.

Anmerkung: Die Anleitung zu einer Spiegelmeditation finden Sie, liebe Leserin, lieber Leser, auf meiner Homepage: www.bewusstsein-gesundsein.de

Dank

Ich danke all jenen Menschen, die mich durch ihre Anteilnahme an dieser Geschichte direkt oder indirekt ermutigt haben, diesen Weg weiter zu gehen, allen voran meiner Seelenschwester Anja Trude, die bereits davon überzeugt war, dass diese Geschichte etwas Besonderes werden würde, bevor überhaupt nur ein Wort zu Papier gebracht war.

Meinem Mann Axel danke ich für sein „da sein", wann immer es nötig war, und für die unterstützende Kraft, die im Hintergrund wirkte.

Ich danke außerdem all jenen unnennbaren Kräften, die so geduldig mit mir waren und mir die Zeit gaben, die es brauchte, um diese Geschichte in die Welt zu bringen und die in den unmöglichsten und möglichsten Situationen für wunder-volle Erlebnisse im Alltag gesorgt haben und mir jenseits von Verstand und Logik die tieferen Zusammenhänge des Inhalts vor Augen führten. Dabei geht mein besonderer Dank an alle Krähen, die immer zur richtigen Zeit zur Stelle waren.

Schließlich danke ich meiner Lektorin Ulrike Dietmann, die mich in meinem Tun achtsam, liebevoll und konstruktiv durch alle Höhen und Tiefen des Romanschreibens geleitet hat. Ohne sie hätte diese Geschichte nie das Licht der Welt erblickt.

Über die Autorin

Susanne Hoffmann, geb. 1965, studierte Germanistik und Anglistik und arbeitet heute als Heilpraktikerin mit dem Schwerpunkt spirituelle Heilarbeit in eigener Praxis. Als Autorin ist es die besondere Gabe von Susanne Hoffmann, durch ihre originelle Sprache, ihre Fantasie und ihre Einfühlsamkeit, den Leser immer wieder zu tiefer innerer Weisheit und Heilung zu führen.

In den vergangenen Jahren sind ihre Gedichte in verschiedenen Anthologien veröffentlicht worden.

Das aus der Engelebene inspirierte Foto-Lebensbüchlein „Wo mein sanfter Flügel weilt" und der intuitiv empfangene Mandala-Gedichtband „Mitten im Licht" erschienen 2014 als eigenständige Gedichtbände. „Anjou und die Burg der Spiegel" ist ihr erster spiritueller Roman.

Weitere Infos zu der Autorin und ihrer Arbeit finden Sie unter: www.bewusstsein-gesundsein.de

Kontakt: info@bewusstsein-gesundsein.de

www.spiritbooks.de

Bücher, die authentisch sind und Spirit haben.

Die Bücher des Verlags erhalten Sie in allen Buchhandlungen und bei zahlreichen Online-Anbietern wie amazon.de. Sie können die Bücher auch beim Verlag direkt bestellen: **www.spiritbooks.de**

Wenn Sie direkt beim Verlag bestellen, unterstützen Sie den Verlag und die Autoren.

Die Vision des Verlags

Vertrauen in das Gespür von Leserinnen und Lesern

Bedingungslos authentische Bücher

Autorinnen und Autoren als Persönlichkeiten, die etwas Unverwechselbares zu erzählen haben.

Shelley Rosenberg
Meine Pferde, meine Heiler

Lesen Sie die bewegende Autobiografie der Grand-Prix-Reiterin Shelley Rosenberg mit einem Vorwort von Linda Kohanov.

www.spiritbooks.de

Ute Wilhelms
Hautnah

In ihrem Buch schildert die Reittherapeutin Ute Wilhelms authentisch und einfühlsam die Arbeit mit psychiatrischen Patienten.
Anhand vieler Fallbeispiele zeigt sie wie Pferde verletzte Seelen heilen.

www.spiritbooks.de

Ulrike Dietmann
Heldenreise ins Herz des Autors

Finde heraus, was deine Autorenseele im Innersten bewegt.
Elf Schritte führen dich auf einer Heldenreise zu deinem kreativen Selbst, zur Quelle deiner Inspiration, zu authentischen Gefühlen und deiner persönlichen Ausdruckskraft.

www.spiritbooks.de

Ulrike Dietmann
Auf den Flügeln der Pferde – eine Heldinnenreise ins Herz der Kreatur

Elf Schritte führen dich auf einer Heldinnenreise zu deinem wahren Selbst, zu wahrer Verbindung mit den Pferden.
Ein Weisheitsbuch, ein Arbeitsbuch, ein Buch für dich.

www.wu-wei-verlag.de

Heide-Marie Lauterer
Mörderischer Galopp

Ein Krimi aus dem mörderischen Reitstall-Alltag, unterhaltsam, humorvoll, gnadenlos.

www.spiritbooks.de

Heide-Marie Lauterer
Mörderische Liebe

Im fesselnden zweiten Band ist Vera Roth wieder einem Verbrechen in der Reiterwelt auf der Spur.

www.spiritbooks.de

Heike Adami
Fenster zur Freiheit

Als Stewardess hat Sophie den gutaussehenden wohlhabenden Latif kennen und lieben gelernt. Sie folgt ihm in sein Heimatland Bahrain, in ein Leben voller Luxus mit Villa, Maid, Gärtner und Driver. Nach und nach merkt Sophie, dass sie im goldenen Käfig gefangen ist...

www.spiritbooks.de

Heike Gäßler
Der leuchtende Schuh

Die Geschichte einer spirituellen Erfahrung und zugleich eine Liebesgeschichte, die uns an Schauplätze in Taiwan, Indonesien, Singapur, China, Tibet und in die Mongolei führt.

www.spiritbooks.de

Reinhold Fink
Zeitenschnur

Dominik erbt von seiner Urgroßmutter eine geheimnisvolle Kiste, deren Inhalt nicht nur sein Leben sondern auch den Lauf der Zeit verändern kann. Alte keltische Prophezeiungen dringen an die Oberfläche und rufen mächtige Gegner auf den Plan. Sind die Barden und Druiden wieder unter uns?

www.spiritbooks.de

Heide-Marie Lauterer
Das Klassentreffen

Seit ihre ehemaligen Klassenkameraden nach dreißig Jahren wieder aus der Vergangenheit aufgetaucht sind, scheinen sich Helenas Lebensträume zu erfüllen. Bis zum Tag des Klassentreffens, dem Tag der Abrechnung, an dem ein sehr gut gehütetes Geheimnis ans Licht kommt ...

www.spiritbooks.de